相约名家·冰心奖获奖作家作品精选

高长梅 王培静◎主编

摸秋

陈永林 著

九州出版社
JIUZHOUPRESS
全国百佳图书出版单位

图书在版编目（CIP）数据

摸秋 / 陈永林著. -- 北京：九州出版社，2013.5（2024.4 重印）

（相约名家·冰心奖获奖作家作品精选 / 高长梅，王培静主编）

ISBN 978-7-5108-2070-0

Ⅰ.①摸…　Ⅱ.①陈…　Ⅲ.①小小说 – 小说集 – 中国 –
当代　Ⅳ.①I247.8

中国版本图书馆CIP数据核字（2013）第084706号

摸秋

作　　者	陈永林　著	
出版发行	九州出版社	
地　　址	北京市西城区阜外大街甲35号（100037）	
发行电话	（010）68992190/3/5/6	
网　　址	www.jiuzhoupress.com	
电子信箱	jiuzhou@jiuzhoupress.com	
印　　刷	三河市恒升印装有限公司	
开　　本	710毫米×1000毫米　16开	
印　　张	10	
字　　数	144千字	
版　　次	2013年5月第1版	
印　　次	2024年4月第8次印刷	
书　　号	ISBN 978-7-5108-2070-0	
定　　价	49.80元	

出版说明

冰心是我国现代文学史上著名的作家,她的儿童文学作品和散文在中国文学史上占有重要位置。

这里所说的"冰心奖"包括"冰心儿童文学艺术奖"和"冰心散文奖"。

"冰心儿童文学艺术奖"创立于1990年。创立以来,它由最初的单一儿童图书奖,发展为包括图书、新作、艺术、作文四个奖项的综合性大奖,旨在鼓励儿童文学作品的创作出版,发现、培养新作者,支持和鼓励儿童艺术普及教育的发展。其中,"冰心儿童文学新作奖"与"宋庆龄儿童文学奖"、"陈伯吹儿童文学奖"、"全国儿童文学奖"并称国内四大儿童文学奖。

"冰心散文奖"是一项具有权威的全国性的散文大奖。冰心生前曾是中国散文学会名誉会长,"冰心散文奖"是遵照其生前遗愿而设立的,旨在彰显我国散文创作的成就,不断评选出题材广泛、思想敏锐、着力表现现实生活,创作形式风格多样的优秀散文。"冰心散文奖"是与"茅盾文学奖"、"鲁迅文学奖"并列的我国文学界散文类最高奖项,也是中国目前中国散文单项评奖的最高奖。

《相约名家·冰心奖获奖作家作品精选》共收录近年来荣获"冰心儿童文学艺术奖"和"冰心散文奖"的三十位作家的作品。这些作品无论是小说还是散文,或抒写人间大爱,或展现美丽风光,或揭示生活哲理,或写实社会万象,从不同角度给青少年读者以十分有益的启迪。

随着中小学课程改革的深入与发展,让中小学生多读书、读好书早已成为共识。我社推出本套大型丛书,希冀为提升中国的基础教育、为青少年的健康成长尽一份力。

九州出版社

第一辑　**复杂与简单**

摸秋 /002

送给继母的生日礼物 /005

复杂与简单 /008

两个病人 /010

洁白的木槿花 /013

土筐·土车 /016

短命鬼,再踹我一脚吧 /019

感谢善良 /022

第二辑　**广陵散**

孤独的母牛 /026

罐殇 /029

广陵散 /031

过门 /034

怀念一只叫阿黄的狗 /036

结局 /039

粗瓷花碗 /042

笛声 /045

第三辑　**最后一只树虎**

快乐的二傻 /050

买水 /052

塑造男人 /055

糖纸钱 /058

杀人的小胖 /060

最后一只树虎 /063

两只茶壶 /066

第四辑　**会说话的钞票**

海殇 /070

会说话的钞票 /072

遗嘱 /075

好人伍贵 /078

鸽子 /081

CONTENTS

目录

疯姐 /084

老师，别嫁给他 /087

喊魂 /089

红乌鸦 /092

第五辑　**白荷花**

天籁 /096

画眉的悲剧 /099

白荷花 /102

洗澡 /104

杀人 /107

天使的微笑 /109

车祸 /112

葡萄 /114

红木手镯 /117

一树桂香 /120

CONTENTS

目录

第六辑　**相逢不是一首歌**

复仇 /126

相逢不是一首歌 /128

贼 /131

第三只手 /134

祖孙 /137

断翅的蝴蝶 /140

伴娘 /143

拯救男人 /145

第二辑

Fu Za Yu Jian Dan

复杂与简单

摸秋

鄱阳湖一带的小孩都喜欢过中秋节,有月饼吃是一个方面,主要还是可以摸秋。啥叫"摸秋"?中秋节这天晚上,小孩不但可以在庄稼地里疯玩,还可以疯吃,甘蔗、花生、红薯、玉米等,只要能吃的,都可以吃。生的不好吃,可以弄熟吃,捡些干树枝,在田岸边点燃了,把采来的花生、红薯、玉米扔进火里。片刻,香味四溢,小孩的肚子撑得滚圆滚圆的。

平时叫偷,中秋节这晚却叫摸秋。听说被小孩摸过秋的庄稼会更丰收。中秋节过后,小孩就不能随便吃田地里的庄稼果实,父母知道了也会拿竹棍把屁股打得皮开肉裂。

每年的中秋节,聪聪都不摸秋。不是他不想,而是没有一个小孩愿同他一起摸秋。聪聪的脑子有点不好使,已九岁了,还不知道一加一等于几,自然没人愿意同他玩。

聪聪只有站在门口,看别人玩。其实根本看不到,只能看见田岸上燃起一丛丛火,还能听见一阵阵欢快的笑声。

"妈,你带我玩。"聪聪拉着荷花的衣袖,可怜巴巴地求。

荷花没好语气:"你没看见妈忙?"荷花正在做扫帚。

"我去叫醒爸,让爸带我玩。"聪聪说着就出门。荷花忙起身拉住了,语气很凶:"不能去。"聪聪不听:"我就要去。"荷花说:"不能去就是不能去。"聪聪还不听,荷花捡起地上一把刚做好的扫帚打聪聪屁股,聪聪"嗯儿嗯儿"地哭了。

荷花扔了扫帚,骂起男人来:"你倒会享福,眼一闭,啥也不管,让我吃苦受累……"荷花的眼泪吧嗒吧嗒往下掉。若男人在,日子也不会过得这么苦了。男人走了,耕田耙地、挑水挑粪,啥活都要她干。她一天到晚忙得连喘口气的机会都没有。活儿却干不完,也干得不好,如耕田,田耕得深一片浅一片,牛也欺生,故意同她作对,荷花让牛往前走,牛却回头倒着走,还不走一条直线。铧齿也划到了荷花的脚,血涌出来,只好拿块泥巴按在伤口上。

亲朋好友劝荷花再找一个。荷花担心聪聪会受委屈,一直没答应。聪聪却不懂事,一天到晚向她吵着要叫醒爸爸。三年前,男人躺在棺材里时,聪聪推男人:"爸,不要睡,陪我玩。"男人刚闭眼时,聪聪就推男人。荷花哭着说:"你爸睡了,别动他。"棺材放进坑里,村里的"八仙"往棺材上浇土时,聪聪跳进坑,把棺材上的土往外抛,"爸爸醒了,怎么起来?"荷花把聪聪抱起来,搂进怀里:"你爸说,他要睡好久,他好累。你爸醒了,他会喊我们。"

荷花仍在扎扫帚,聪聪溜出门,去了村后的树林。爸爸已经睡得太久了,他要喊醒爸爸。

坟包上躺着一个男人。男人一身酒气。

"你醒醒,醒醒。"聪聪蹲下来推男人。男人一把把聪聪搂进怀里:"儿子,快叫爸,爸可想死你了,爸爸还以为永远见不到你。"

"你是我爸?"

"我不是你爸,那我是谁?"

"你真是我爸?"

"是呀,我是你爸呀。"男人说完放开怀里的聪聪,又打起很响的鼾声。

聪聪揪男人的耳朵:"你咋这么会睡? 醒醒,带我去摸秋。"

男人醒了,坐起来,问聪聪:"我怎么会睡在这儿?"片刻,男人想起来了,今天是儿子一年的祭日,他想同儿子说说话,便到这儿来了。他心里苦,在儿子的坟前喝下一瓶酒。他对不起儿子,更对不起死去的女人。女人闭眼前要他照顾好儿子,可儿子还是掉进了鄱阳湖。男人同儿子说够了话,便回家,走了几十步路,腿一软,倒在地上了。

"爸,你终于醒了,快带我去摸秋。"男人同聪聪是一个村里的,聪聪的事男人全知道。男人没想到聪聪把自己当成他爸爸了。

"行,爸带你去摸秋。"

男人把聪聪带到自己的花生地里,男人下了地,拉着花生藤往上一扯,花生根上全是花生。聪聪笑了,不停地摘花生。男人一连扯了三根花生藤。聪聪的两个裤袋装得满满的。聪聪坐在田岸上剥花生吃,聪聪先是把剥好的花生往男人嘴里塞。男人的心温暖暖的,两年前的中秋节,他也带着儿子摘花生,儿子也是先把一粒剥好的花生往他嘴里塞。男人抱起聪聪,让聪聪坐在自己腿上,"地上凉气重,会生病的。"

后来聪聪又在男人甘蔗地里掰了一根甘蔗吃,还烧了两只红薯,两根玉米。当火着了时,聪聪高兴地围着火转,咯咯地笑个不停。红薯和玉米熟了,聪聪让男人吃,男人不吃,男人让聪聪带着给他妈妈吃。

聪聪说:"爸,回家吧。"聪聪拉着男人的手往家走。

男人很想说:"我不是你爸,你爸还在睡觉。"可他这句话在他喉咙口转了几次就是吐不出嘴。男人很快到了聪聪的家。荷花见了男人,很意外,男人说:"我,我……"

聪聪抢过话:"妈,爸醒了。爸真好,带我摸秋,我吃了花生、红薯、甘蔗、玉米,妈,这是给你留的。"聪聪从口袋里掏出一只红薯和一根玉米。男人很尴尬地立在那,两只手显得多余的样,不知放哪儿好,抓抓头发,扯扯褂子。荷花心里偷偷地笑,脸上却有了红晕:"坐,你坐呀!"

"这么晚,我得走……"

聪聪说:"爸,你还去哪?"

荷花说:"快睡吧。"

又是中秋。当水洗了样的月亮从鄱阳湖里钻出来时,聪聪拉着男人的裤腿说:"爸,我们去摸秋。"男人笑着说:"你妈去,我也去。"聪聪又扯荷

摸
秋

花的裤腿:"妈,我们去摸秋。"荷花拉起聪聪的手:"好,我们去摸秋。"男人拉起聪聪的另一只手:"儿子,爸一定让你玩得高高兴兴。"男人说着,在荷花的脸上极快地亲了一下,荷花哟一声:"老不正经。"要打男人,男人笑着跑开了,荷花在后追,聪聪也跑起来。聪聪追上荷花,开心地喊:"妈跑不赢我,妈跑不赢我……"

送给继母的生日礼物

继母第一次进我家门时,父亲说,永林,叫妈。我头一扭,哼一声,说,我妈早死了。父亲很生气,顺手给了我一巴掌。父亲再扬起手时,继母忙把我搂在怀里,继母替我挨了父亲一巴掌。我从继母的怀里挣扎出来,跑到村后的树林里,在母亲的坟前跪下来,妈,你咋扔下我不管,爸再不要我了……我伤心地哭了许久。

永林,回家吧。我一抬头,继母站在我身后。继母也一脸的泪水。继母说,姐,你放心,我会把永林当作我亲生的儿子,该疼时疼,该打时打。

继母拉着我的手回家。但进村时,我甩脱了继母的手。我不想让村里人看见我同继母这么亲昵。我故意跑到继母的前面。继母看穿了我心思,说,你这娃。

那时我家就父亲和继母两个劳动力,生产队照劳力分口粮。我们姊妹五个都是长身体的时候,特会吃。因而我们家总是吃了上顿愁下顿。继母就在屋后种南瓜,在树桩下种丝瓜。继母为了多挣两工分,每天天没亮就进城担粪。挑担粪,队里记两分工分,合八分钱。父亲要去挑粪,母亲不让,母亲说父亲白天做重活太累。

继母进我家半年后,竟怀孕了。继母高兴得哭了,原来我能生,我能生。继母泣不成声,继母同原来的男人一起生活了七年,没有怀孕,那男人以为继母不能生,对继母不是打就是骂。在农村,一个女人若不能生育,全村人看不起,一同人吵架,人就骂绝户、石女。继母因不能生育,那男人同继母离婚了。若不是继母不会生育,也不会嫁给有五个娃的父亲。

父亲也为继母高兴。晚上,父亲从供销社买来二两白酒,自斟自饮。

那时我想,继母待有了自己的小孩,今后更不会喜欢我们了。

但让我们一万个想也想不到的是,继母竟瞒着父亲去了医院,流产了。父亲气得脸都青了,他不停骂继母。继母说,我们家如再添张嘴,那他们姊妹五个更得挨饿。再说我们已有了五个娃,不能再要了。

我的眼眶发涩,我忙低下去。我不想继母看见我眼里的泪。

五天后,继母又进城挑粪了。继母因身子虚,挑粪时,两腿不住地抖,后来被一块石头绊了一下,摔倒了。说,娃他爸,粪桶摔破了,又得花钱修。继母一脸的愧疚。父亲啥话也说不出来,只一个劲地叹气。

还有五天就是继母四十岁的生日。

弟妹花一块钱为母亲买了一双棉纱手套。继母的手已冻裂了。弟妹已同继母很亲了,他们早把继母当亲妈了,嘴里妈上妈下的,叫得极甜。其实我心里叫妈已叫了上千遍,但当着继母的面就是张不开嘴。有几次张了嘴,妈字却堵在喉咙口,就是吐不出来。

我该送什么礼物给继母呢?左想右想,突然眼前一亮,有了。继母生日这天,我要赶在继母醒来之前,去城里挑担粪回来。当继母去挑粪时,哈,粪桶已满了。那时继母不知有多高兴。这样想,我激动得睡不着。继母准喜欢我送给她的生日礼物。

这晚,我醒了许多次,生怕一觉睡到天亮。迷迷糊糊时,我听到公鸡叫

了。公鸡叫第三遍了，天快亮了，我悄悄起了床，出了门，挑着粪桶就走。

走到造船厂，门是关的。我大声地叫门。一位大爷起了床，你干吗？我说，挑粪。我是星火村的。村里把造船厂的粪包下了，每年给点钱造船厂。大爷说，现在才两点，你咋这么早挑粪？我说，我没表，不知道时间。我听见公鸡叫，以为天快亮了。大爷开了门。我装满了一担粪，粪桶上肩时，两腿晃了一下，我站稳了，试着迈了一步，接着迈了第二步。出厂门时，大爷说，你挑少点。我说，挑少了，队里只给记一分工分。

走了一点路，我的肩就痛。换了个肩，但片刻，肩又痛。我不断地换肩，粪桶从左肩换到右肩，右肩换到左肩。两条腿也灌了铅似的挪不开。实在走不动了，就歇一会儿。

后来粪一上肩，肩就火灼样的辣辣地痛。肩已磨破皮了，出血了，衣服上也是血。我咬着牙一步步往前移。

那时路上没一个人，路两旁的树林里不时传来猫头鹰的怪叫声，但我一点儿也不觉得怕，只觉得累。

到家了，我把粪放下，轻轻地推开了门，蹑手蹑脚上了床。没过多久，我听见门吱呀一声响，继母开门出去了。片刻，门又吱呀一声响，继母回来了。我听见继母问父亲，娃他爸，你去挑粪了。父亲说，没有呀。继母同父亲来到我房里，我故意装睡，打着轻微的鼾声。但我感觉到有人掀我的衣领，我说，谁呀？翻了个身。我不想继母看见我血肉模糊的双肩。继母说，永林，别装睡，我知道是你，瞧你的肩……继母哭出了声。

妈，这是我送你的生日礼物。

我的好娃，妈没白疼你们，妈苦得值……继母一把搂住我，泪水扑嗒扑嗒掉在我脸上。

哦，我娃长大了懂事了……父亲想说的话也哽在喉下，吐不出嘴了。我还想说，妈，我爱你。这几个字却怎么也说不出口。

复杂与简单

我退伍后,受聘省城一家报社做副刊编辑。后来被县民政局分到县工业局工作。

在报社编了三年副刊,总编很欣赏我。经编委会研究,报社决定正式调我。

能成为报社的正式职工,是我梦寐以求的事。

总编放了我一个星期的假,让我回县城办调动手续。

一到县城,我就拿着调动表找到局长。我恭恭敬敬递上一支"中华"烟,恭恭敬敬点上火,然后说明来意。

局长说:"你这事,我们得开党委会研究研究。"这官腔明白无误告诉我,并不是一支"中华"烟就能让他盖章。

我便想晚上去趟局长的家。

我连局长姓什么都不知道,自然不知道住处。后来探听到局长姓刘,住在青山湖小区 9 幢 1 单元 401 室。

晚上,我便拎着鼓胀胀的包去了刘局长家。

我对刘局长说明来意。刘局长这回一口答应下来:"行,明天我就让人给你盖章……啊,明天星期六。那你就星期一再去办公室找我。"

我把包里的东西一样样拿出来,可是局长仿佛是瞎子,他仍慢腾腾地喝

摸
秋

茶。我提着个空包千恩万谢出了门。

星期六，我在街上碰见了战友王强。闲聊中，王强得知我办调动的事遇到阻力，就很热情地说："你这事怎么不早跟我说，工业局的张副局长就是我二舅，走，我这就带你去见我二舅。"

我想我盖章的事尽管刘局长答应了，但如果张副局长也同意了，那我盖章的事更稳了。我二话没说，又去了商场，出商场时，口袋里的300元钱就一分不剩。

张副局长也一口答应下来。

我感到更踏实了。

可是我星期一去找刘局长时，刘局长冷冷地说："你去找张副局长吧。"我去了隔壁办公室找张副局长，张副局长眼皮也不抬一下："你去找刘局长吧。"我说："张局长，你不是答应得好好的？""我这二把手没权，你还是去找一把手。"

原来刘局长和张副局长不和，可是我不理解他们的不和与给不给我盖章有什么关系，我就打电话给王强，求王强帮忙。王强说："我这就给我二舅打电话。"

一会儿王强找到我说："原来都是你自己把事办砸了，你不能求两个有矛盾的一把手和二把手办同一件事，你开初就没讲你已经去过刘局长家了，要不我也不会再带你去求我舅。"

"可是刘局长怎么知道我去了你舅家？"

"你以为当官的像你这样傻？今天一上班，我舅就同刘局长说了这事。刘局长问你是我舅的什么人，我舅就说你是我的战友。刘局长就知道你已求过我舅了。"

"那我的事不就泡了汤？"

"你可以直接求办公室主任。因为公章归办公室主任管。"

"办公室主任有那么大的权？没有领导的同意，能随便盖章？"

"只要符合政策的事，办公室主任就可以盖章。但是你切记，你千万别说你已经为盖章的事求过刘局长和我舅,要不,你想盖章就白天做梦。"

我只有又拎着个包去求办公室王主任。

王主任问我:"你这事求过刘局长和张副局长吗?"

我摇头,很肯定地说:"没有。"

王主任就说:"这章我现在就给你盖。因为局里下过文件,凡是能调入别单位的一概放人。"

我心里又纳闷起来,既然局里下过这样的文件,那张副局长干吗还去请示刘局长?官场上的事太复杂,想来想去,我就是想不透彻。

更让我纳闷的是,王主任给我盖章时,刘局长和张副局长都坐在办公室喝茶抽烟。他们像根本没看到王主任给我盖章,他们也像不认识我一样。

两个病人

省肿瘤医院的五〇八房住了两个病人,一位病人叫徐辉煌,另一位病人叫巴冬根。两人得的都是肝癌。

徐辉煌是市民政局的局长。

巴冬根是个农民。

原来徐局长住高干病房,住了几天,嫌静,连个说话的伴都找不到,徐局长可是过惯了热闹日子的人。再不肯住了,就搬到五〇八房来了。

五〇八房原本有四张床位。

徐局长搬来的第三天，两位病人就死了。

徐局长对巴冬根说，接下来该临到我们了。

巴冬根说，我不想死。

徐局长说，谁想死？

巴冬根说，反正我不能死。

徐局长说，好，好，你不能死，那我死好了。

一到周末，徐局长的床前就很热闹，儿子儿媳、女儿女婿都来探望徐局长，他们拎来大包小包的补品。他们都说，爸，你好好养病，啥都别想，啥事都别操心。

咋不操心？老三明年大学毕业，能找到好工作？我这癌症晚两年得就好了。徐局长说着就叹气。

爸放心，老三的工作，我们会帮他安排好。

巴冬根很羡慕徐局长，徐局长看病不要花自己的钱，花公家的钱，不像自己，用啥药，要掂量来掂量去，为钱的事操碎了心。徐局长的三个子女都有出息，吃公家饭，而自己的两个儿子在乡下天天为了混个肚皮圆忙个不停。

巴冬根说，徐局长，如我是你，现在让我死，不，让我早死十年都行。

徐局长说，你的意思是我现在就应该死了。

巴冬根连连摆手，不是这个意思，真的不是这个意思。

这天，徐局长单位的几个人来看望徐局长，徐局长称那个领先的人为向局长。向局长说，徐局长，单位上的事，你别操心。市里暂时让我主持局里的工作，我们全局的人都盼你的病快快好。

徐局长说，恭喜向局长。

向局长告辞时，拿出一个厚厚的红包，这是全局人的意思……徐局长安心治病吧。

向局长一出门，徐局长就把向局长送来的一个花篮，往窗外扔了。巴冬根把花篮捡了回来，放在徐局长的床头柜上，多好看的花，扔了多可惜。

徐局长又要扔,巴冬根说,那把花放在我的床头柜上好了。

　　徐局长就叹气,唉,我人还没死,位子就让人顶了。以前还以为自己有多重要,以为局里离了我,工作就乱成一团麻……唉,我真的成了多余的人,真的该闭眼了。

　　巴冬根说,我也想闭眼,可闭得了吗?我看病的大部分钱都是借的。我如死了,债就要两个儿子还。可两个儿子很穷,我不忍心,再说,我还要供一个大学生。我如死了,他就念不成大学了。徐局长从巴冬根嘴里知道他供养的一个大学生叫刘春来。刘春来的父亲为救落水的巴冬根死了。巴冬根担负起抚养刘春来的义务,刘春来现在是大二的学生。

　　徐局长说,真羡慕你,这么多人需要你,你是不能死,而我可以死了。

　　几天后,巴冬根闹着要出院,巴冬根再借不到钱,巴冬根的女人要卖房子,巴冬根不同意。

　　刘春来也来劝巴冬根,叔,你不能出院。

　　巴冬根说,你放心,出了院我也死不了,我在你爹坟前发过誓,一定要让你念完大学。我现在死,怎么有脸见你的爹?

　　其实刘春来靠做家教,不但能养活自己,而且还拿了一千多元钱为巴冬根治病,但这一切刘春来都瞒着巴冬根。

　　刘春来说,叔,你如出院,我就不念大学,去打工。

　　巴冬根只有仍待在医院里。

　　两个月后,徐局长去世了。

　　巴冬根却出院了,身上的癌细胞竟消失殆尽了。

　　徐局长在去世后的第二天,一个也叫徐辉煌的人住进了五〇八房,这个徐辉煌一个多月前来医院查过,医生说是良性肿瘤,开了刀,说没事了。不想现在癌细胞扩散了。医生这才知道弄错了病历,徐局长原来没得癌。但医生觉得怪,这个徐局长没得癌,怎么就死了呢?而那个叫巴冬根的农民确实得了癌,怎么活下来了呢?

摸秋

洁白的木槿花

一到夏天,院子里的木槿就开花。母亲一见洁白的木槿花,眼里便蓄满泪水,嘴唇哆嗦着说:"我那时好糊涂,好糊涂。"母亲的声音抖个不停,泪水也从眼眶里溢出来,爬满了她坑坑洼洼的脸。

母亲又给我讲木槿花的故事。这故事,母亲不知讲过多少遍,我的耳朵早已听出茧了。但我不敢惹母亲生气,坐在母亲身边默默地听。

"那年你五岁……"

五岁那年,右腿忽然青肿一块,痛得我成天哭,母亲急得不知如何好,后来在邻居的建议下,母亲就驮着我去了廖医生家。廖医生是个老中医,退了休,在家里开了个小诊所。廖医生的医术好,啥病他都能治,心又善。因而人一有病,都愿找廖医生治。

廖医生看了我的腿,责怪母亲:"你真憨。如你儿子再晚来两天,他的腿就废了。"母亲就自责:"我以为娃儿的腿不要紧。"廖医生发了火:"还不要紧?你儿子得了骨髓炎,如骨头一发霉,就得截肢。"母亲再不敢出声了,眼圈却红了。其实不能怪母亲,乡下都一样,小孩有个三疼二痛的小病,都拖几天,能拖好那再好不过,实在拖不好,再找医生。都舍不得花钱,其实也没钱花,再何况我家里。我一岁时,父亲就死了。为治父亲的病家里欠了一屁股的债。后来父亲见治不好,怕再拖下去会欠更多的钱,父亲就吃了老鼠药撒手走了。母亲终日为一日三餐发愁，哪再有闲钱为我治腿？

母亲担心地问医生："廖医生，我娃儿的腿能治好吗？"我母亲得到肯定的回答后，脸色晴朗许多，可片刻，母亲一脸的阴云。母亲口袋里只有两块多钱。母亲看着为我捣药的廖医生，几次想张口问多少钱，却又开不了口。

廖医生在我腿上敷了草药，拿纱布缠了。又拿出两服中药，对母亲说："这中药，每天煎三次，两天后再来换药。"母亲问："廖医生，多少钱？"廖医生说："五元钱。"母亲放在口袋里的手怎么也拿不出来，母亲的脸红了，局促不安地说："廖医生，我，我身上的钱不够。"廖医生说："你有多少就拿多少吧。"母亲掏出一个塑料薄膜袋，把里面的钱全倒在桌子上，说："这只有两块六角五分钱，下回再补上。"廖医生很爽快："行。没钱，你记着就是，啥时有钱啥时给，不急。"

母亲在村里四处借钱，但没借到一分钱。那时村里人的肚子都填不饱，没啥闲钱。再说有点闲钱的人，也舍不得拿出手。母亲已欠了不少债，如没钱还，乡里乡亲的，也不好破面催。拿自己的血汗钱打了水漂，不值得。再说，说不定家里人有个病啊灾的，急用钱时，到哪里弄钱？

母亲没借到钱，但我的腿不能不治。母亲只得拎了八个鸡蛋去廖医生家。那时鸡蛋很便宜，八分钱一个。可母亲实在没办法。廖医生见了母亲拎的鸡蛋，很生气地说："你这是做啥？拎回去。"母亲的鼻子一酸，眼泪就掉下来了："廖医生，我实在没办法，我——"母亲哽咽地说完一切，廖医生的眼里也湿了。廖医生安慰母亲："好，你这鸡蛋，我收下就是。钱的事，不用急，我不缺钱用。"

去了廖医生家里几次，母亲已欠了廖医生二十八元钱了。对那时的我家来说可是一笔不小的数目。

再去廖医生家里，母亲把家里唯一的一只母鸡拎到廖医生家里了。可廖医生说啥不肯收："你这只鸡我哪能收？你家里的盐钱零花钱都是从这鸡的屁股里抠出来的。"母亲哀求："廖医生，你就收下吧，要不，我心里好难受，你收下了，我心里好受些。"母亲说着声音又变了调，泪水也淌下来了。

　　廖医生执拗不过,说:"那好,我收下就是。但这鸡我不能白要,就算我买你的,十元钱,怎么样?"那时一只母鸡最多只卖四五元钱。母亲说:"这鸡不算钱,是我送你补身子的。"可廖医生拿出十元钱,说:"这钱你拿着,我知道你用钱的地方多的是。欠我的钱,一点也不急,十年二十年后还都行。"母亲说啥也不接廖医生的钱。

　　可母亲回到家,拆纸包给我煎药时,纸包里竟放着十元钱。母亲当晚去了廖医生家里,把十元钱从门缝里塞进去了。

　　两天后,按廖医生吩咐,又该去他家。可母亲不想去,母亲问我:"你的腿好了些吗?"我说:"好多了,我已能走路了。"我说着下地了,一走,腿钻心的痛,但我忍着,额上也沁出汗了。母亲说:"菩萨会保佑我们这样的苦命人。"我知道母亲不想去廖医生家,是怕欠下廖医生更多的情。

　　可这天,廖医生竟找上门了。廖医生见了我的腿,把母亲狠狠训了一顿:"你是拿你儿子的腿开玩笑。如你儿子的腿废了,有你后悔的!"母亲不出声,只默默地流泪。母亲烧了火,要给廖医生下面条。廖医生灭了火,说他已吃了饭。

　　后来廖医生见了我家门前的木槿花,惊喜地喊:"啊,你这里有这么多木槿花!"廖医生对母亲说:"这些木槿花都是钱,一两木槿花值二元钱。木槿花是味好中药,能治腹泻。"母亲不相信:"木槿花真能卖钱?"廖医生望着一脸惊喜的母亲说:"还骗你不成?你摘了这些花卖给我。我还要买,但木槿花能当中药这事,你不能说给其他人听。"母亲答应了,拿了篮子,把木槿花全摘下来了。廖医生拿秤一称,竟有一斤。廖医生说:"好了,你再不欠我的钱了。"

　　下回,母亲驮着我去廖医生家时,到邻居家摘了一些木槿花。那时,我们村每家每户都种有木槿。每回去廖医生家时,母亲就带一点木槿花去廖医生家。母亲不但不给钱廖医生,廖医生反而给母亲点钱。

　　后来,我的腿好了。村里的木槿花也摘完了,母亲就去外村摘。母亲想早些还清债。

第二年，廖医生竟去世了。母亲很是伤心，买了冥纸冥香去了廖医生家，母亲哭得泪人样。母亲哭累了，廖医生的老伴告诉母亲木槿花根本不能做中药。母亲见了她卖给廖医生一麻布袋的木槿花，啥都明白了。母亲又哇的一声哭号起来："我的大恩人呀！……"

后来母亲也去世了。母亲合眼前拉着我的手说："我死后，在我的坟墓周围栽一圈木槿。"

一到夏天，母亲的坟墓周围就开满洁白的木槿花。成群的蝴蝶在木槿花上翩翩起舞。

土筐·土车

晚稻一收，就没啥农活干了，便照例围湖造田。

湖堤上满是挑担的人。

那时的牛还是个青壮后生。牛干活极卖劲，人家慢悠悠地跑一趟，而他风风火火地跑两趟。人家筐里的泥土刚盖住筐面，可牛两筐泥土堆得满满的，山一样。

牛挑着两筐泥土，有说有笑的，很轻松。

被初冬的日头暖暖地抚摸着，他们都感到惬意，心里也有暖暖的东西在涌。

牛却感到燥热，穿件单褂还是热，汗水不停地从额上背心窝里沁出来。

一根扁担压得弓一样。扁担吱吱呀呀地痛苦呻吟。装满土的土筐悠来晃去。

牛的媳妇秀见男人干活没命样，就瞅个空儿对牛说，你咋这样傻？挑重担可快一点，挑空担可慢些呀，装土也不要装得这么满。

牛嘿嘿地笑。

秀问，我说的话你听见没？

牛说，听见了。

可临到装土时，装土的人装了大半筐不再装，要牛走。牛说，再装，跑一趟是跑，跑两趟也是跑。牛又挑着冒尖的土急急地走。回头挑着空筐也跟跑一样，生怕没土挑似的。

这气得秀直骂：真个是头牛。

秀劝不住，也只得随牛了，心疼牛也没法。

这样干了一个多月，上面放假歇几天。放假前一天开了表彰大会，牛受了表彰，奖了一张奖状，还有一件前面印着"奖"字，后面印着"鼓足干劲"的白背心。

牛回到家，用四根小木条钉了个镜框，把奖状挂在厅中，牛左看看右看看，又嘿嘿地笑了。

歇了几天又上工，牛干得更起劲。牛穿着那件奖来的背心，很神气，挑起担，脚下也似生了风。

这牛，村人都笑。

牛还想在完工时受表彰，想再得到一张奖状和一件印有"奖"字的白背心。

牛这样没命干了几天，就浑身发高烧，出冷汗。牛还坚持干了一天，但第二天就爬不起床了。牛只好回了家，待了两天，打了几针，吃了点药，牛感到好了些，又要上工。秀不让，还要牛歇两天。牛说，再歇两天，工分拿不到不说，挑的土还没别人多。那完工时就受不到表彰了。

要那表彰干啥？能顶得饭吃？流那么多汗水换一张这样的纸值？

牛就想受表彰。

牛见家里有个木轮，就在木轮上安了根轴，轴上扎几根木条，就成了一辆简易的独轮土车。牛想，用这土车拉土比用筐挑土要多得多。

秀说，你这条牛，还有脑子，用这土车拉土比挑土要轻松得多，推的土也多。你现时总可放心了，表彰一定会有你的份。

牛就推着土车上了湖堤。

牛的独轮土车上放着四个筐，四筐土都堆得冒尖。牛推着土车一点也不累，额上脸上也没一点汗。

牛开心地哼起歌。

独轮土车的吱吱呀呀声让村人心里很不舒服。村里人的心里也吱吱呀呀，像被独轮土车压过一样。

哼，想不到这牛还真会偷奸耍滑，瞧我们汗如雨落，可他一滴汗也没流。

瞧他那开心样，好似到这享福来了。

⋯⋯⋯⋯⋯⋯

村人都冷着眼看牛，那眼神让牛心里激灵灵地打冷战。

尽管牛推车推的土比四五个人挑的土还多，可最后受表彰的人中却没有牛。大队长也说牛干活没前阶段卖劲，后阶段一点汗也没流。

回到家，牛把厅中堂的奖状拿下来丢进炉膛，看到奖状化成一缕蓝色的火焰时，牛又嘿嘿地笑了。

后来，牛穿那件奖来的背心总穿反的，这样看不出那红红的"奖"字。

短命鬼,再踹我一脚吧

女人从畈里回来时,水泉正坐在椅子上吸烟。女人割了一下午的禾,累得腰酸腿痛的,喉咙也干得冒烟,整个人都散了架样,女人一提起热水瓶,却是空的。女人从水缸里舀了满满一勺冷水,咕嘟咕嘟地一口气喝光了。水泉说:"还不去弄饭?"女人想说啥,嘴唇动了动,啥也没说。女人便弄饭。

烧的是麦秆,女人一连划了几根火柴,才点燃了,可麦秆有点湿,火燃得不旺,女人低头用嘴吹,浓烟熏得女人的泪都下来了,还不停地咳儿咳儿地咳嗽,极难受。

水泉仍在吸烟,很惬意的样。

一股无名火从女人的心里蹿出来了,女人把火钳一扔,说:"我累了,不想吃,想睡。谁想吃饭谁弄去。"女人就舀了一盆水想洗脸。水泉变了脸,"你不想吃饭,我要吃饭,儿子也要吃饭。"女人说:"你不是很有钱吗?一天抽一包两块多钱的烟。你少抽两包烟,不就可以带儿子去饭店吃饭?"女人最反感水泉抽烟,一天两块多钱,一个月就抽掉七八十块钱,一年得抽上千块钱,那么多钱得卖二十担谷,一年的田白种了。让女人更气愤的是,儿子马上要开学了,可两百多块钱的学费到现在还没着落。可他倒好,一副事不关己的样子,照样抽两块多钱一包的烟,女人的脾气自然更不好了。

"老子抽烟还要你管?"水泉一脚踢翻了脸盆,水淌了一地。可窝在水泉心里的怒火一点也没减少,水泉又狠狠一脚把女人踹倒在地上了,水泉这一脚踢得极重，而且踹的又是女人的腰上，女人马上躺在地上，双手按在腰上，哎哟哎哟地呻吟起来。

女人躺了许久才爬起来，女人哭着回了娘家。在乡下，女人同丈夫吵架了，一般都回娘家住上几天。

两天后，水泉的气就消了，也觉得自己做得不对，又正双抢，家里不能少了女人。水泉就去了女人娘家，想把女人接回家。其实女人心里一直放心不下田里的稻谷，担心割了的稻谷没收回家，会烂在田地里生芽。女人回娘家的第二天就想回家，可女人觉得自己跑回家，没点面子，就忍了。女人就盼着水泉早些接自己回家，女人隔不了多久，就出门，站在村口往回家的路上望，可女人每回都失望。女人每失望一次，心里就说，他再不来，那我就不理他。又说，你不来就不来，谁稀罕你不成。女人却控制不住自己一次又一次地往村口跑。女人极恨自己，咋就这么贱？他那么狠心踹你，你咋还惦记着他？女人就叹气。

这天，女人正同娘家人吃饭时，女人忽然说："他来了。"

女人的母亲开了门，水泉真的站在门外。

水泉进了屋，也不坐，低着头站着。女人看了水泉一眼，觉得水泉瘦了许多。女人有点心疼，女人想，他一个人既要收稻谷，又要喂猪食，还要弄饭给儿子吃，这两天真苦了他。女人的眼睛就潮乎乎的，女人就怪自己太任性了，不该回娘家，夫妻吵架是正常的，不吵才不正常呢。夫妻吵架床头吵床尾和。女人又见水泉一直站着，就怪自己的父母不叫水泉坐，也不给他泡茶。他走这么多路，准很累，天又这么热，准很渴。女人进了妹妹的房，对妹妹说："你快去给你姐夫倒杯水。"女人的妹妹说："他那么狠心踹你，你还疼他？你的心咋这么软？"她还是倒了杯水，冷冷地对水泉说："喝水吧。"

女人的母亲对水泉说："你咋舍得下死力踹她？她的腰紫得乌黑，到现在还没好，要知道她是人，是你的女人。她嫁给你这么多年，吃没吃好的，穿没穿好的，你不但不疼她，还往死里打她——我女儿的命好苦呀！"女人的母亲哽咽得说不下去了，拿衣襟擦起眼睛来。

水泉说："妈，我错了，我下回再不了，今天就让她跟我回家吧，家里也离

不开她。"水泉又对女人说:"跟我回家吧。我已答应你戒烟了,我昨天晚上还去了鄱阳湖打鱼,今天一早就卖了,卖了二十多块钱,我再打几次鱼,娃儿的学费就有了。"

女人听了水泉这话,眼泪一下盈满了眼眶,女人怕水泉看到她的泪,忙低下头。鄱阳湖这几个月一直禁止捕鱼,因为沿湖的渔民用电网捕鱼,鱼苗都不放过,鄱阳湖里的鱼越来越少了,若再这样捕下去,鄱阳湖里就没有鱼了,政府就出面禁湖几个月。女人想到水泉白天在田地里忙了一天,深夜还得去湖里偷着捕鱼,心痛得痉挛成一团。女人就捡了衣服,拎着个包袱出了房,对水泉说:"走吧。"

"不能这样便宜了他。"女人的父亲夺下了女人的包袱。

"爹,他已认错了。"女人看父亲的眼里满是哀求。

女人的父亲却不理会:"不行,你的腰还没好,在家歇几天,他不心疼你,我们做父母的心疼。你去他家,又给他做牛做马,到时他一不高兴,又对你拳打脚踢的。"

水泉说:"爸,这样也好。让她再歇歇,待养好了伤,再回家吧。"水泉说着出了门。

女人要跟着出门。父亲拉住了,说:"让他过几天累日子,他就知道家里不能少了你,今后自然就会疼你了。"女人又"唉——"地叹了口气,泪水又掉下来了。

第二天,女人坐立不安的,站也不是,坐也不是。女人想,他现在在干啥呢? 在晒谷,还是在挑禾秆? 他准很累,也准很恨自己,他在那干得汗如雨下,自己倒好,待在娘家享福。女人就对父亲说:"爹,我还是回去吧。"

父亲说:"不行,你的腰没好,我是绝对不会让你回去的。"

"我的腰没事的,现在不疼了。"

父亲还是不同意。

晚上却变了天,挂在树梢上的月亮忽儿不见了踪影,阴云却是愈聚愈厚,愈压愈低,又刮起了狂风,紧跟着电闪雷鸣的,蚕豆大的雨点噼里啪啦地下了。

女人躺在床上翻来覆去的,整晚都没合眼,她放心不下水泉。她心里说,但愿水泉这时没在鄱阳湖里捕鱼。女人家的船很小,船底还破了个洞,水泉拿棉花包住木头塞住洞,船才不漏水。水泉也早想造过一条船,却没钱,又因禁捕几个月,造船这事就搁下了,这么大的风这么大的雨,如水泉驾着那条破船在湖里捕鱼,那……女人不敢往下想了。

女人担心的事竟然成了事实。

一早,村里来了一个男人,男人对女人说:"水泉昨晚在鄱阳湖里捕鱼,船翻了……"女人的腿一软,晕过去了。女人醒来后,跌跌撞撞往家里赶。女人一进村口,儿子那断人肠肺的哭声就一浪高一浪地扑来。女人进了院子,水泉直直地躺在木板上,女人眼前黑乎乎的一片,耳畔满是轰隆隆的雷声,女人一头栽在水泉身上,又晕过去了。女人再次醒来后,不停擂打着水泉,哭号着:"你这短命鬼,你现在咋不踹我呢?来呀,你踹呀,你踹我一千脚一万脚都行呀。踹呀,你倒是起来踹我呀,你咋不踹呀?……"女人挖心挖肝的哭声把村人的眼全弄湿了。

感谢善良

雨夜。

雨很大,借着路灯,林子看见一条长得望不见边的瀑布从天上垂下来。耳畔只有噼里啪啦的雨声,手上的伞出奇的沉。冷风袭来,冰凉的雨点砸在脸上

透骨的冷。路上看不见行人，只听见自己走路的哗啦哗啦声，街道上积满了水。

在这寂寥的雨夜，走在这寂静的街头，林子有点怕。林子手里的提包里有五万元现金，林子带这钱原本是想提货，可货主一直没来。如万一碰到拦路抢劫的怎么办？林子这样想，不由往后一看，头皮一麻，心猛然一下提到嗓子眼跟。林子身后真的跟着一个穿着黑雨衣的人。林子便加快了脚步，身后那人也加快了脚步，林子慢下来，身后的人也慢下来。林子再不觉得冷了，尽管汗水把衬衣都浸透了。

过了十字路口，林子拐进了一条平时很热闹的街道。林子看见前面有个人，脚步不由加快了，林子想赶上那个人。就在此时，飞来一辆小车，只听见"啊"的一声惊呼，前面那个人倒下了。林子愣了，清醒过来便大声喊："撞人了！撞人了！"可那小车早不见了踪影。

林子跑上前，抱住那人，大声喊："救命啊！救命啊！"可没人应，林子的伞被风卷走了。片刻，林子就成了落汤鸡。穿雨衣的人过来了。

来了一辆车，林子站在路中间，不停地摇手。可那车往路边一拐，呼的一声飞过去了，车轮溅起的泥水扬了林子满脸。林子抹了抹脸上的泥水，骂着："良心都让狗吃了。"林子蹲下，把那昏迷的人从雨水中抱起来，对穿雨衣的人喊："不能眼睁睁地看着人死，你过来帮下忙，我背他去医院。"林子早忘了那穿雨衣的人是啥人。穿雨衣的人过来帮忙把那人扶上林子的肩，林子背着那人就跑。林子的手腕上还吊着那黑提包，林子一跑，那提包就上下左右晃，林子托着那人屁股的手就沉了许多。林子对那穿雨衣的人说："这包沉，你帮我拿着。"林子背着那人忘命地朝医院跑去。

又一道刺眼的白光，又来了一辆车。林子忙站到路中间。这回，车停了。司机打开车门说："快上车。"穿雨衣的人也跟着上了车。

很快到了医院门口，林子同穿雨衣的人抬着那人进了医院。医生说："先交两千元钱。"林子从穿雨衣的人手里拿过提包，交了钱，那人才被推进了急救室。

林子这才认真看了眼穿雨衣的人，伸出手，笑着："兄弟，认识一下，我叫林子。"那人说："我叫黑子。"两双手紧紧握了握。

等了像有半个世纪，急救室的门开了。林子和黑子忙迎上去，"医生，怎么样？"医生说："脱离危险了。"林子和黑子都松了口气，脸上都有了笑。

林子说："黑子，你猜我开初把你当成了什么人？"黑子说："拦路抢劫的坏人。"林子望黑子的眼里盛着一个大大的问号："你咋知道？"黑子低下头，嗫嚅着说："其实我真的是个坏人。我跟随你那么久，就是想要得到你提包里的钱。"林子说："那你怎么没……"黑子说："我刚想下手，就发生了这事。""可是后来你还帮着我拿手提包，那时你如果撒腿跑，我没一点办法，我背他背得双腿一点力都没有，走都走不动。"林子说着望了眼黑子。黑子忙看地下，说："后来，我改变主意了。"林子问："为啥？"黑子说："说给你听也无妨。我小时有个幸福的家庭，父母很恩爱，都极喜欢我。可在我十二岁那年，母亲遭车祸死了。那肇事的司机逃了，母亲躺在地上一个多小时，许多人围观，就是没人救。后来有好心人拦了辆车，可晚了，医生说如早来十几分钟就有救。母亲死后，父亲的脾气变得极坏，总是喝酒，喝醉了就打我，下手极狠。十四岁那年，我就逃了出来，四处流浪。也进过两回牢。这回看到你救这遇车祸的人，我心想，要我母亲那时能遇到你这样的好人就好了，那我母亲就不会死，那父亲也不会时时打我，那我也有个温暖的家，我也不会成为这样子！……"黑子哽咽得再也讲不下去了，脸上也满是泪。

遇车祸的家里人来了，林子和黑子才回家。

雨还没停，林子说："打车走吧，我再也走不动了。""这么晚哪有'的士'？"黑子问。"会有的，再说这么大的雨，会淋病的。"林子说着就打起喷嚏来。黑子忙脱下自己的雨衣，说："穿上吧。"林子就见到黑子腰里的匕首。黑子就取下来，从刀鞘里取出闪着寒光的匕首，林子打了个寒战，眼里也露出一丝恐惧。黑子说："这匕首再也用不着了。"黑子随手一扬，那匕首划了道优美的亮亮的弧线，"咚"的一声落进池塘里去了。黑子说："如你这回没救这遇车祸的人，那你早躺在血泊中了。你该感谢你的善良，是你的善良救了你，我也感谢你的善良，要不我又成了一个罪人。"

第二辑

Guang Ling San

广陵散

孤独的母牛

"哞——哞——"

一清早，母牛就叫个不停。母牛的声音颤悠悠的，尾音拖得极长，在鄱阳湖面上绵悠悠地荡。

母牛的眼里蓄满泪。

棉花的眼里也湿湿的。母牛没伴，心里闷呢。想到自己，蓄在眼里的泪就掉下来了。自己也像这母牛一样，孤单单的。前些天，德福走了，德福养的那条牛也杀了。德福的心真狠，招呼也不打一个，就急急地走了，弄得自己说话的伴也没有。

这村小，仅五六户人家，田地又少，一人半亩田，都不养牛，养牛不合算。如耕田耙地就租德福和棉花的牛。种田没啥收成，年轻人不愿窝在山沟里，全出去了。几个老的种田种不动，田地都长了半人多高的草。棉花心疼，可也没精力种人家的田，毕竟上了岁数，做力气活，浑身就酸痛得不行。

"哞——哞——"此时，村里的母牛仍吼叫个不停。

棉花轻轻地拍着母牛的脖颈，说："花儿心里闷，我们到外面散散心。"

母牛勾着头满腹心事地跟在棉花身后，没精打采地走。

刚立春，风仍冷。棉花就不由打了个寒噤。棉花问母牛："冷吗？"母牛不答，只看了眼棉花，母牛的眼里满是愁苦，棉花的心里也跟着酸楚，棉花说:"我懂,我心里也苦呢。"

日头从鄱阳湖里爬出来了,柔柔的温暖就散落在棉花身上。两只小鸟在头顶上欢欢地叫。田地的油菜花开得正艳,金灿灿一片,且散发出一股馨香,有蜜蜂在油菜花上嘤嘤嗡嗡地叫,蝴蝶在油菜花上翩翩起舞。

"好春光呢!"棉花的脸上有了暖色。可想到去了的德福,脸又冷阴下来。

见一向着阳光的山坡上有嫩嫩的草,棉花停下来,说:"花儿,尝个鲜吧。"棉花在一树桩上坐下来。母牛偶尔咬口青草,又"哞——哞——"地唤一声。"花儿,别唤,你一唤,我的心就紧呢就酸呢。"棉花的眼前又浮现德福的样子。以往,德福就坐在这树桩上,一搭一搭抽他的旱烟。烟雾从他的鼻孔里喷出来。德福的眼就惬意地眯缝着,一副陶醉样。棉花心里就甜酸酸的痉挛着,她又想起她的男人。男人吸烟的样子也同德福这样,让她心动。唉,男人都心狠,只自个儿去那世界轻松,一点也不管自己。这样想,棉花心里就有对德福的恨意。德福曾说过给她做伴,可还不是扔下了她。

"哞——哞——"牛仍凄凄地叫唤。

"花儿,你可别扔下我这个老婆子不管呀!"棉花见牛的尾巴不停地摇打着牛背,就站起身,见有几只牛蝇在吸牛的血,忙捉下来捏,又轻轻地替牛抓痒。

此时,村里来了一个妇人,说:"棉花,你的那在城里的两个儿子回来了。"

棉花婶"嗯"一声算是应了。儿子来又是要她去城里住,她才不去呢。棉花曾去城里住过,可一点也不习惯。主要是闲得慌,儿子家啥事也不让她做,只让她歇着。她想做饭弄菜,儿媳怕她的脏,洗衣服,儿媳又怕她洗不干净。没事做,人活着还有啥劲,更让棉花婶心里闷的是,她连说话的伴都没有。儿子儿媳都忙自己的事,没闲工夫同她说话。住了几天,棉花就病了,儿子只得让她回乡下,弄得德福也说她是劳碌命。棉花说:"在城里住,日子好长,好难熬,可在乡下,日子一天天过去了,还不知怎么过的。"德福笑着说:"我知道你不在城里住,是放心不下你的牛。你这牛还真对你有感情,你一走,它叫唤个不停,还茶饭不思。"德福说得是,去城里住的几天,她总听见她的的牛儿"哞——哞——"地叫,担心它饿担心它渴。其实她心里更惦记着德福。

"哞——哞——"

听见牛凄然的叫唤,棉花一看,牛眼里的泪竟一滴一滴地掉下来了。棉花婶抚着牛脸上的泪,问:"你为啥这样伤心?"牛的脸紧紧贴在棉花的怀里。棉花明白了牛担心她去城里,就把牛搂紧了:"花儿,你放心,我哪儿也不去,我咋会扔下你不管?我一直守着你。你走了,我也走。"棉花脸上也满是泪。棉花的脸和母牛的脸紧紧贴在一起。

几天后,棉花牵着母牛上路了。棉花说:"花儿,别再闷闷不乐,会闷出病来的,以前不快的事都忘了吧,我们还得好好活下去。"

此时,有个村人同棉花打招呼,"去哪儿?"

"去养牛场,跟花儿找个说话的伴。"

"去养牛场?三十几里路呢!"

暖暖的日头爬上山尖,天地间一下暖亮起来。棉花的身子不住地激动一抖,眼睛也惬意地眯起来,欢快的歌声也从嘴里蹦出来,和着温暖的阳光颤悠悠的一路漫散。

"春天里来呀风光好哟

我带着花儿去找伴哩哎……"

牛也跟着歌声"哞——哞——"地欢欢悦悦地叫。

摸秋

罐殇

刚吃饭,忽儿传来"笃笃"的敲门声。九根放下碗,抽了木闩,开了门,是村主任。九根问村主任:"吃了没?"村长说:"吃了。你慢吃。""你——"九根知道村长没事一般不登门,就问。村长说:"议修祠堂的事。"

放下碗,九根就同村长去村委会。

已有几个人坐在那闲扯。九根同村长到了,都站起来,有三个人朝九根递烟,九根接了烟,一只耳朵夹一支,另一支就叼在嘴上,旁边一人递上火,九根就吸了。

村委会只一张八仙桌,九根照例在首席位置上坐下来。村长坐二席。村长看看到会的人,说:"二山咋没来?"村长就叫旁边的一人:"大牛,你去叫二山。"

屋里满是旋着的烟,有人打开窗,烟雾一团团往外飘。有冷风灌进来,人就打冷战。又关了窗,就有不会抽烟的人打喷嚏。

又闲扯了一会儿,九根见二山还没来,就对村长说:"这会开始开吧。"村长说:"这会没了二山,就开不成。"九根知道村长的意思。修祠堂要钱,而二山是村里的首富,这议修祠堂的会当然少不了二山。九根脸上阴沉沉的,就狠狠地吸烟,心里也嘀咕开了,唉,世风日下,都朝钱看了,若以前,不管大事小事,还不是自己一句话。再这样下去,这首席的位置就得让给二山了。

二山来了,照例在村长旁的位置坐下来。二山坐的是第三席。

村长喝了口茶，说："人到齐了，这会就开始吧。闲话也不多说，就是这祠堂修成啥样的？修以前的样还是现在一般房子的样……"村长的话没说完，九根说："就修现在一般房子的样，这样省工省料，花不了多少钱。再说村人都没多少闲钱。"

二山却不同意："我说修以前的样好。这尽管多花点钱，但我说值。以前的祠堂气派，再说以前的祠堂快绝迹了，应该让这式样的房子传下去。若做现在一般的房子样，那还不如不做。"

九根说："以前的祠堂已不合适，那太陈旧了……"

"传统的东西并不陈旧，我们不应扔掉，更应保持与发扬。"

两人争得不可开交，后来两人红了脸，九根说的话也难听了："你不就是有几个臭钱！"

"臭钱你还没有！你呢，不是有个祖宗用的陶罐？"二山还嘴。

会开不下去了，村长就说："这会就开到这里，至于祠堂到底修什么样式的，过两天再研究。"

九根到家时，把门踢得咣咣响。女人开了门，见九根脸黑黑的，就问："啥事让你不高兴？""二山狗日的不就是有几个臭钱……"九根就说了。女人说："现在有钱的人说话就管用，人也看得起。"九根就唉声叹气的。女人说："如你愿意，我们也可有很多钱。""……"九根拿眼问女人。女人说："不是有人出高价买陶罐吗？""卖陶罐？这祖传的陶罐能卖？如村人知道我卖了陶罐，我的脊背都得让人戳断。我在村里说话管用，受敬重，还不是有这陶罐？"

陶罐很普通，制作也粗糙。可因是祖宗用的，就显得珍贵。全村一个姓，共一个祖宗。这陶罐，只传大儿子，传来传去，就传到九根手里了。实际上，陶罐传到谁手里，谁就是族长。在村人眼里，族长比村长大，族长是祖宗定的，而村长呢？是村里选举再由乡里定的。祖宗当然比啥人都大。

"现时有钱就啥都有。如再这样下去，二山就会取代你，那样，这陶罐还有啥意义？卖了陶罐，我们有了钱，村人会敬重我们。再说卖了陶罐，村人也不知道。我们可请人照这陶罐的模样再烧一只。"

女人的话让九根心动。

第二天,就有人来买陶罐。

九根就卖了。有一大笔钱的九根在村里传出话,修祠堂,他出一半钱。九根想村人听了他的话,准会震惊,准更敬重他。可是没有,村人见了他,也不像以前那样热情,而是拿鄙夷的眼冷冷地看他。九根纳闷,后来听见一句:"哼,连祖宗传下来的东西都能卖,还建啥祠堂?"这话让九根一下没了筋骨,似要瘫倒在地上。

晚上九根才知道陶罐是二山托人买的。

当天晚上议修祠堂的会,没人请九根参加。村人说九根不配。

祠堂就按二山说的修成旧式样的。修祠堂竟不要九根拿一分钱。九根拿钱,收钱的人竟不接。

二山说:"九根太傻。他除了那些钱,还有啥?啥也没有。而钱能赚得到,可有些东西,拿钱也买不到,如我这陶罐,不管谁拿多少钱,我也不卖,我要把这陶罐一代代传下去……

广陵散

嵇康的死与《广陵散》有关。

魏晋时代的"竹林七贤"在全国很有名,而"竹林七贤"之首的嵇康更是家喻户晓的人物。是读书的人领袖。

嵇康把一首《广陵散》弹得出神入化，人都说再没第二个人能把《广陵散》弹得这样好。

钟会却不服气。钟会是曹操的大红人钟繇的儿子。钟会自幼饱读诗书，出口成章，都称神童。长大后投靠了司马昭，成了司马昭的大红人，也喜欢弹《广陵散》，恃才狂傲的钟会想同嵇康比个高低，派人下了帖子，要嵇康去他府上弹《广陵散》。

嵇康答应了，但弹《广陵散》的地点选在竹林。

嵇康仅见过钟会一面，是钟会来见嵇康的，那时嵇康正光着胳膊打铁，没理会钟会。神色倨傲的钟会也不同嵇康打招呼。过了很长时间，钟会悻悻地要走，嵇康才问："何所闻而来？何所见而去？"

钟会答："闻所闻而来，见所见而去。"

其实嵇康早已知道他是钟会，只是嵇康瞧不起钟会。钟会是读书人，却为了荣华富贵，背弃曹操投靠司马昭，这让人耻笑。

嵇康和钟会比赛弹《广陵散》的消息风一样传开了，从四面八方来的人潮水一样淹没了竹林。

先是钟会弹。

人们从钟会的弹奏声中听到了风的狂叫声，听到了轰轰的雷声，还有一些悲壮的东西。

钟会弹完了，响起一阵掌声，还夹着一片喊好声。

临到嵇康弹时，竹林里鸦雀无声。

人们从嵇康的琴声中见到聂政怀揣着刀踏上刺杀韩王的路，听到了聂政说话的声音，闻到了聂政身上汗水的味道。后来人们见到聂政死在乱刀之下时，许多人放声恸哭。

许久，才响起雷鸣般的掌声。

所有人的脸上都挂着泪痕。

一脸悻色的钟会拂袖而去。

嵇康这回的弹奏为他的死埋下了伏笔。钟会对司马昭说:"大将军,嵇康是个人物,他若不能被您所用,也不能被别人所用。"

其实司马昭几次想让嵇康离开竹林,出来做官,而且想让儿子司马炎娶嵇康的女儿。嵇康的女儿嫁给了司马炎,今后要做皇后的。但嵇康拒绝了。嵇康是曹操的孙女婿,他不能做第二个钟会。

这事轰动朝野,在读书人中成为美谈。嵇康的名声也更响了,同时离死亡也越来越近了。

没过多久,嵇康便被钟会关进牢房。钟会给嵇康的罪名是谋反罪。嵇康一介书生,怎么谋反? 但欲加之罪,何患无辞?

司马昭亲自设宴招待嵇康。

司马昭说很想听嵇康弹《广陵散》。司马昭给掉入水中的嵇康抛下一根绳子,嵇康不接。如若嵇康肯弹《广陵散》,那就表明嵇康有归顺之心。嵇康回绝了,说没兴趣弹。

嵇康选择了死。

消息传开,全国数万名读书人群情激奋,声称和嵇康一起死。既然是你们自己想死,那就怪不得我。屠杀曹氏家族的屠刀又挥向读书人。

《晋书》记载,嵇康死的那天有金灿灿的太阳,阳光洒在穿着红袍的嵇康身上,像涂了一层红色光晕。

司马昭亲自临斩。司马昭问嵇康还有什么要求时,嵇康说要弹《广陵散》,司马昭同意了。

嵇康一弹奏,头顶上的太阳忽儿不见了,阴云却是愈压愈低,一时电闪雷鸣,寒风呼呼地鸣叫,地上的纸屑灰尘漫天飞舞。狂风不断地把沙子砸在人的脸上。成千上万只乌鸦在空中呱呱地乱叫。

暴雨倾盆而下。

围观的万余名群众纷纷跪下了,都仰头望天号啕大哭。

《晋书》载:"《广陵散》于今绝矣!" 又载:"海内之士,莫不痛之。"

《广陵散》也成了嵇康的绝响!

《广陵散》也因注入嵇康视死如归的精神，在后来很大一段时间都是天下第一名曲。

在嵇康死的第二年，钟会也被司马昭杀了。钟会率二十万大军攻入成都灭了蜀国，自恃手中握有重兵，有了反心，手下人告密，被司马昭擒住了。钟会砍头前也提出要弹《广陵散》。

司马昭一脸的鄙夷，冷笑一声，你不配。

过门

日头已爬上窗了，可木子还在睡觉。木子的娘用劲推木子，懒鬼，还不起床？木子嘟囔着，让我多睡会儿。娘就扯木子的耳朵，待会儿，梅梅就来过门。到时见你还睡在床上，不吓跑才怪。木子心里说，吓跑了更好。可木子不敢说出嘴，怕惹娘生气。木子磨磨蹭蹭地起了床。木子洗漱后，娘说，你快把你房间整理一下。木子说，有啥整理的？娘说，被子该叠叠，房里的书乱七八糟的，该放好。

木子进了房，坐在床上发愣。按理今天是他的大喜日子，该高兴才是。可木子脸上没点喜气。他见过梅梅，没有脸热心跳的感觉。梅梅太普通了。木子心里的女人绝不是这样子的，木子就不同意。娘对木子一顿好训，梅梅看上你是你的福气，你以为自己有啥了不起，你整天写那些狗屁小说有屁用！既当不得衣服穿又当不得饭吃，你该拿镜子照照自己……凭娘怎么说，木子就是提不起情绪。

今天梅梅来家过门。一过完门，梅梅就可以说是他女人了。在这儿，过门指女方第一次进男方家的门。过门时，男方要给女方一笔过门费。女方对男方家人的称呼全得在过门时改口。女方以前叫男方父亲为姨父，叫男方母亲为姨娘，过门时得改口叫公公、婆婆。过完门，女方就是男方家的人了。

木子正胡思乱想时，娘叫他，木子，梅梅来了，快拿爆竹来放。木子就燃了爆竹。噼里啪啦的爆竹声引来许多看梅梅的村人。梅梅就笑吟吟地给男人敬烟，给小孩和女人撒糖。木子很烦这些礼节，又躲进房里去了。娘随后进来了，说，木子，娘求求你，今天高兴点，别让梅梅生气。娘不会看错眼，梅梅是个好女人，你找上她，不会亏。娘说这些话时眼里有了泪，木子的心里就酸酸的。木子跟娘出了门。

吃面条时，梅梅见木子的娘碗里没有鸡蛋，就把自己碗里的鸡蛋往木子的娘碗里拨。娘说，你自己吃。一躲，鸡蛋就摔在地上。梅梅忙捡起地上的鸡蛋，去盛水洗。木子的娘忙说，我来，我来。梅梅说，娘，你歇着，我自己来。梅梅的嘴很甜，叫娘叫得极亲昵。木子的娘欢欢地笑了。

吃完面条，娘就炒菜。菜在昨天就预备好了，该洗的已洗了，该切的已切了。娘炒菜时，木子坐在那里烧火。

菜很快端上桌。菜很丰盛，一张大圆桌都摆不下了。梅梅说，娘，别再弄了，弄多了吃不完。

吃饭时，木子的娘不住地给梅梅夹菜。梅梅说，娘，我自己会夹，瞧我碗里已放不下了。

木子的娘和木子收拾饭桌时，梅梅也帮着把没吃完的菜放进厨房里的碗柜里。木子的娘不要梅梅干，可梅梅不听。梅梅端最后一碗菜去厨房时，木子要拿抹布，也去了厨房。

木子见梅梅从盘子里夹起一条鸡腿往手里的薄膜油纸袋里放。木子惊呆了，此时梅梅也见到了木子，梅梅啊的一声惊叫，手里装有鸡腿的油纸袋也掉在地上。木子狠狠瞪了眼梅梅，冷冷哼一声，转身就走。梅梅喊，木子，别走。木子立住了,梅梅说,木子,这事你千万别告诉娘。梅梅的声音哽咽了,我,我太贱……我娘一辈子没吃过鸡腿,我想带回家给我娘吃。我家穷,只有过年时才杀只鸡,娘总把鸡腿夹给我和弟弟吃。我夹回给她,她还生气,我,我……梅梅已是一脸的泪水。木子的心也痉挛地抖起来,眼也发涩。

木子捡起地上的薄膜油纸袋,又往里放兔子肉、牛肉、墨鱼,袋子装不下了,木子才递给梅梅。木子看梅梅的目光里荡着理解而温柔的笑意。

两天后,木子去菜市场买了十只鸡腿去了梅梅家。

婚后,木子同梅梅很恩爱。

后来,木子写小说出了名,有许多年轻漂亮的女孩给木子写那种火一样烫的情信,可木子一点也不心动,木子心里只装着梅梅。

怀念一只叫阿黄的狗

"那天晚上一直下雨,雨下得好大,雨点砸在瓦上,噼里啪啦地响,像放鞭炮一样。还刮好大的风,风呼呼地叫,鬼哭狼嚎一样。半夜里我起来小解,听到门外有狗呜呜的叫声……"母亲又给我讲那只叫阿黄的狗的故事。阿黄的故事,母亲不知讲了多少遍,母亲只要一有空就讲,听得我都能背下来了。

这天半夜,母亲一开门,见一只黄狗躺在地上,黄狗全身湿漉漉的,还冷得发抖。母亲说:"进来吧。"

这只狗是外村跑来的。白天就来到村里,可没有一户人家收留这狗。那时我们村里都很穷,人都吃不饱,自然没东西喂狗。

狗进了屋,钻进灶前的稻秆里面。狗呜呜地叫。母亲猜狗饿了,拿起晚上吃剩的两只熟红薯放在狗的面前。狗两口就吃完了,狗太饿了。母亲还想给狗吃的,但家里再没啥吃的。

天亮后,父亲撵狗走。父亲不想养这狗。

心善的母亲说:"孩子他爹,就养了这狗吧。我们每个人嘴里省一口,就不会让它饿死。再说'猫来祸,狗来福'。"

狗可怜兮兮地望着父亲,嘴里发出呜呜的乞求声,父亲再不出声了。

黄狗就这样留下来了。母亲给黄狗起名为阿黄。

阿黄是只极聪明的狗。仅几天时间,阿黄就认得村里所有的人。那时村人都喜欢串门,只要村人进我家,阿黄摇头摆尾的。外村人一进村,阿黄就龇牙咧嘴地狂叫。母亲有时在邻居家串门,如突然想纳鞋底,就对阿黄说:"回家拿鞋底来。"片刻阿黄就把鞋底衔来了。阿黄很听母亲的话,母亲叫干啥,阿黄就干啥。

这天,又到了开山的日子。一年也就几天开山。开山就意味着可以上山割茅柴,其余的日子封山,禁止任何人在山上割柴。谁割柴,便罚谁的钱。母亲起床时天还黑着,母亲煮好了红薯,焖好了饭,天才亮了。父母必须在开山的几天时间割一年用的柴。父母为割更多的柴,中午也不回家,带午饭在山上吃。母亲扛着扁担出门时,阿黄一直跟在母亲身后。母亲说:"回家,你得看好大木和二木。"

大木是我大哥,二木是我二哥,大木那年四岁。母亲出门时对大木左叮嘱右叮嘱,要大木别玩火别玩水,要大木照顾好二木。二木那年一岁多一点。母亲一走,大木就把母亲说的话忘了。大木拿火柴玩火了,灶里的茅柴着火了,火一下烧着了房子。那时村里有劳动力的人都上山割柴去了,剩下的是一些老弱病残。大木那时吓傻了,只会哭。躺在摇篮里的二木哇哇大哭。阿黄便蹿进浓烟滚滚的房子,衔起摇篮里的二木冲出门。阿黄一身的毛全烧没了。

父母赶到时，房子已化成一片灰烬。

阿黄救人的事也传开了，许多外村的人来我家看阿黄。人人都说阿黄是条好狗是条义狗。

父母也对阿黄更好了，家里有啥好吃的，父母情愿自己不吃，也要留给阿黄吃。

只是没多久，家里的米缸空了。村里所有人的米缸都空了。先是村人挖野菜，拔草根，剥树皮，再后吃观音土。村里有不少人饿死了。我们家因有了阿黄，比村里其他人要好一点。阿黄每天一早去田野里捉田鼠，每天抓几只田鼠回来，一回竟捉了一条大青蛇。

村里人也扛着锄头与铁耙去田野里捉田鼠。

田鼠捉完了，再找不到能吃的东西了。有不少饿急的村人打起阿黄的主意。但阿黄极聪明，一见那些手里拿着锄头铁耙的人就躲得远远的。母亲抚着阿黄的头说："阿黄，你还是逃命去吧。"阿黄一动不动。母亲说："你走啊，走得越远越好。"

村里饿死的人也越来越多了。父母同大哥二哥已两天没吃一点东西了。开初大哥二哥哭着喊饿，后来连喊的力气也没有，就不出声，都躺在床上等死。阿黄也两天没吃东西了，阿黄嘴里衔来一把菜刀，望着父亲呜呜地叫，似在说："杀了我吧。"父亲的泪水淌下来了，但父亲把菜刀扔在地上，父亲下不了手。阿黄又把地上的菜刀衔起来递给父亲，父亲再不接阿黄嘴里的刀。

阿黄放下嘴里的刀，咬住父亲的裤腿往门外拉。父亲被阿黄拉出门，母亲也出了门。阿黄爬上围墙，然后爬上了屋顶，阿黄走到屋顶最高的地方站住了，阿黄回头看着父母，嘴里呜呜地呜咽着，看父母的眼里水汪汪的，父母知道阿黄想干啥。母亲大喊："阿黄，下来，快下来！我们情愿饿死也不吃你……"但阿黄纵身一跳，"啪"的一声落在地上。

父母朝阿黄跪下了。

"……如没有阿黄，你二哥早烧死了，我们一家人也早饿死了。阿黄救了我们全家……"泪水爬满了母亲坑坑洼洼的脸，声音也梗在母亲喉下，吐不出来。

父亲也说："阿黄真是条好狗。如若没有阿黄也没有我们全家，也幸亏你娘当初收留了阿黄。今后我和你娘不在了，你们得多向后代人讲阿黄的事，让阿黄的事一代代传下去，让一代代人记住阿黄……"

十二岁的儿子对父亲说："爷爷，阿黄的事我爸已对我讲了无数遍，我已背下来了。我已把阿黄写进了我的作文，还得了全校作文竞赛第一名。今后我有了儿子，一定会给他讲阿黄的故事。"儿子的话惹得父亲哈哈大笑起来。

结局

德子和顺子好得亲兄弟一样。两人一起淘金十几年，从没红过一次脸。不像别的人，为一点小事争得脸红耳赤，继而大打出手，甚至动刀子。

两人也以兄弟相称。德子年长，顺子叫德子哥。顺子总哥上哥下的，叫得极亲昵。外人听了，真的以为德子和顺子是亲兄弟。其实顺子觉得德子比亲哥还亲。顺子开初来这儿淘金，啥也不懂，还受到早来这儿淘金的人的欺负。他们想把顺子挤走。德子就让顺子同他一起淘金，淘的金子对半分。

原本顺子想同德子过一辈子。德子去哪，他会跟到哪。只是德子竟永远地离开了他。那天中午,顺子躺在草地里睡觉,坐在顺子身边吸烟的德子忽儿见一条银环蛇爬到了顺子的头旁,德子忙抓住蛇的尾巴,不想蛇一扭头,在德子的肩上咬了一口。德子拎着蛇尾巴狠劲地不停地甩,蛇的骨头散架了。

仅几分钟,德子的肩膀就黑了。德子对一脸泪水的顺子说:"看来我不行了。"德子从口袋里掏出一个存折,"这是我淘金的二十万块钱,我死后,你去我老家一趟,把钱交给我儿子土娃。我对不起他,没尽到做父亲的责任……"

"哥,你放心,我一定办到。我一定会把钱交到土娃手上……"顺子泣不成声。

德子以前给顺子讲得最多的就是土娃。

土娃五岁时,德子就来淘金。德子的家在一个深山沟里,那地方极穷,而且吃水不方便。土层薄,蓄不住水。吃水得去十几里外的一个地方挑,来回得两个小时。德子的女人受不了这穷和苦,扔下土娃跟着一个外省的木匠跑了。德子让母亲带土娃,自己来到这儿淘金。

这十几年来,德子一直没回过家。

顺子几次让德子回家看看。德子说:"太远,路费要不少。"其实顺子知道德子觉得没脸回家。在农村,老婆跟别人跑了,这对男人来说是极没面子的事。德子想带个女人回家。可德子一直没遇到合适的。

顺子办完了德子的丧事,就回德子老家了。

给顺子开门的是一个中年妇女。顺子问:"这是德子家吗?"女人点点头。顺子说:"你是德子的……"女人说:"德子的女人。"顺子一脸的纳闷:"德子的女人不是跟别人跑了?"女人说:"跑了不能回来吗?"

顺子从女人的嘴里得知,女人去木匠的家一年后,生下一个儿子。儿子三岁时,木匠得肝癌死了。女人为给木匠治病借了几万块钱。女人想,靠自己还几万块钱债,那一辈子也还不清。女人便带着儿子回来了。

女人问:"德子呢?"顺子叹口气说:"走了。""走了?"女人的眼里

满是惊愕："走了？他身体那么好，咋说走就走了？"顺子说："他为救我，被毒蛇咬了。"女人号啕大哭起来："我的命咋就这么苦？！"

这时一个十五六岁的男孩进屋了。男孩说："妈，你咋了？"顺子说："你是土娃吧？"男孩摇摇头："我不是土娃，土娃去城里打工了。"顺子这才知道男孩是女人同木匠的儿子。男孩又问："妈，到底咋啦？"女人说："金生，德子死了。"顺子这才知道男孩叫金生。金生很平静："死了就死了，用得着这么伤心？"

顺子又问女人："土娃的奶奶呢？"女人说："她坟头上的树都能打家具啦。""那你知道土娃在哪儿打工？"顺子想去城里找土娃。女人摇摇头。顺子便从贴身口袋里掏出一本存折："这是德子哥这些年攒下的二十万块钱。他闭眼前叮嘱我一定要把钱交给土娃。这存折你好好保管，土娃回家了，你就交给他。"女人从顺子手里抢过存折："二十万？他攒下了二十万！这么多！"金生抢过存折看了："真的是二十万！"女人的泪水又淌下来了。

十年后，顺子又回了趟德子的老家。

顺子进德子家的门时，一个满头白发的女人在吃饭。顺子喊："大嫂……"女人头也不抬："你找金生讨钱去，别找我。我屋里啥值钱的东西也没有。"顺子说："大嫂，我不是来讨债的。"女人这才抬起头，顺子一看，竟是德子的女人。想不到德子的女人竟老了这么多。顺子说："我是德子的兄弟，十年前，德子哥让我带给土娃二十万块钱。"女人这才认出顺子。当顺子问女人那二十万块钱给没给土娃时，女人竟哭了："都怪我偏心，是我害了金生，我，我不是人……"

顺子从女人断断续续的哭诉中才知道，那二十万块钱，女人全给了金生。金生有了二十万，啥事也不想做，带着那二十万块钱去了城里，天天吃喝嫖赌，还吸毒。很快，那二十万被挥霍掉了，为弄钱吸毒便走上贩毒这条不归路。金生几年前被判了死刑。

"如若没有那二十万块钱，金生不会死的。他是被这二十万给害的……其实也怪我，如若我把钱给了土娃，那就好了……"

"土娃呢？他现在怎么样？"顺子问。

"土娃好着呢。他在省城开了家大公司，做大生意。土娃想让我去省城里住，我不肯去。他就给我钱，如若没有土娃，我怕早已饿死了。"女人说着叹气，"土娃有那么多钱也没变坏呀。要是那二十万给了土娃，那土娃的生意准做得更大。"

"唉——"顺子也长长地叹了口气，"要是那钱我没给你，直接给了土娃就好了。"

后来顺子去了省城，见到了土娃，也这样叹气。土娃说："这也说不准。十年前的我还在建筑工地干活呢，一个月挣四百块钱。如若那时我有二十万，或许也会走金生那条路。那时还太年轻，没有自制能力，也没有辨别是非的能力……"

粗瓷花碗

今天是祖先的忌日，红桃把院门关了，且落了闩，又关了房门。外面白晃晃的日头肆虐地发着淫威，屋里却很阴凉。院里一棵大鸡公树把日头挡了个严实。红桃开了柜子上的锁，拿出木匣。匣里装着只粗瓷花碗。

把碗洗了，又用手巾擦干水。红桃擦得小心翼翼的，生怕一个闪失，让碗摔碎了。红桃一脸神圣，眼里也满是庄重。红桃擦着碗，眼前浮现几百年前祖先端碗吃饭的样，擦碗的手便抖起来。

摸秋

红桃把碗放在柜子上，在香钵里插了三根香，又在灰盆里烧了冥纸。房里满是呛人的烟味，熏得红桃不停地打喷嚏。

又下跪，对着那只粗瓷花碗叩头。

此时，传来敲门声。

"红桃，开门。"听到声音，红桃的心一下跳到嗓子眼跟，红桃忙灭了冥纸冥香，把香钵灰盆往床底下塞，把那只碗放进柜子里。

他问："听说你藏有只粗瓷花碗，"

"没，没。"红桃忙否认。

"那只碗是古董。可卖很多很多的钱，我们一辈子也用不完。"

"可那只碗是我男人祖传的。"

"这么说那只碗在你手里？"

"不，不在。"

"你瞒不过我。你还跟那臭男人守着那碗干吗？要我早卖了。"

"可那是祖先用的碗。"

"祖先用的碗咋啦？他又不是你的祖先。与你有啥关系？"

"红桃，快开门呀！"门外还在叫。

红桃走到院子里，说："你来干吗？你那么大声嚷嚷怕村人听不见？"

开了门，他进来了，就要关院门。红桃说："甭关门，大白天，村人看见了不好。"

他进了红桃的房，红挑问："你干吗？"

他不说话，咦咦地笑着，一把搂住红桃，红桃挣："大白天，像啥话？"他却不听，用舌头顶开红桃的嘴，噙住她的舌头就吸。红桃吸得软成一团泥，立都立不住。他便抱住她放倒在床上。她的身子战栗得厉害。

木床咯吱咯吱地呻吟。

事毕，红桃拿毛巾帮他擦汗。红桃说："你快些走，如有人碰见了不好。"

"你还是搬到我那儿去。要不，我来你这儿也行。"

"不行，要那样，村里人的唾沫都得把我淹死。"

"你跟我光明正大一起过日子怕人说,你跟我这样偷偷摸摸就不怕人说?"

"别人不知道。再说说不准我男人哪天回来了,那咋办?"

"你男人还有脸回来?扔下你一走就五六年,一个音讯也没有。算不定早在外面娶了老婆。"

"可他走时跟我说,这只粗瓷花碗在,他人也在,心也在。"她知道说漏嘴了。可说出去的话收不回。

"我就知道你藏有那只粗瓷花碗。"男人很兴奋,抱着红桃又乱啃。

此时,院外有人喊他,她说:"不要应,要不,就知道你在我这儿。"又说,"这是哪个没安好心的,喊你咋喊到我这儿来了。"

他说:"是我弟弟,我来这儿跟他说了。"

"你安的啥心?"红桃把他推下床,说,"你滚,滚,我不想见到你。"泪水在红桃眼里悠转不停。

他也不生气,掏出手帕替她拭去泪水,说:"我巴不得村人晓得我们的事,那你就没顾忌,死心塌地跟我一起过日子。"

傍晚,红桃去湖边洗菜。几个洗菜的女人正唧唧喳喳地说些啥,见了红桃,有一女人故意咳一声,便都闭了嘴。有个女人最后的一句"既想当婊子又想立牌坊"让红桃听见了。红桃知道她在说自己,但装作什么也没听见,洗菜时还找话跟她们说。

洗完菜,红桃感到背上炙热热的,火烤一样。红桃知道她们拿针样的眼光看自己。

回到家,红桃把那粗瓷花碗往地上一摔,"叭"的一声,碗碎了。红桃感到心里从没有过的轻松。

红桃便去找他,说:"我明天就搬你这儿来住。"

"把那粗瓷花碗也带上:"

"那只碗被我摔碎了。"

"啥?你摔碎了那碗?要知道那只碗比你值钱得多。"

泪水顺着红桃的脸颊唰唰地往下淌,红桃转过身,默默地走了。

此时,天断黑了。

笛声

一到傍晚,石头便来到鄱湖滩,吹起笛。哀婉的笛声先是在湖滩上打着旋,然后在湖面上在村子上空绵绵软软地扩散。林子里的鸟也凄凄地和着笛声鸣叫起来,湖里的鱼听了笛声,受了感染,纷纷跃出水面,想劝石头别太伤心。

村人也跟着叹气,唉,这娃苦呀!村里心软的妇人听了石头的笛声,心口痛起来,泪水也跟着掉下来了。

石头是苦,爹患了肝病,在医院里扔了几千块钱,还是撒手走了。娘被一屁股债压得喘不过气,一狠心,跟着一安徽来的木匠跑了。石头辍学了,用那稚嫩的肩挑起生活的重担。担子太重,压得石头有点透不过气。石头那时就迷上吹笛。石头只要一吹起竹笛,啥不快的事也没有了。

水水整个被石头凄婉的笛声迷住了。石头一来湖滩吹笛,水水也来到湖滩,水水在离石头很远的地方坐下来。石头一吹笛,水水的眼里就酸酸地发胀,水水看到一少年在冷风淫雨中挣扎。少年不时被狂风吹得跌在泥泞里,可少年又爬起来,执着往前走。夜又黑了,不时传来野狼饿急的吼叫声。石头放下笛,水水眼前啥也没了。石头见一脸泪水的水水,问,你咋了?水水忙拿衣袖拭去泪水,给石头一个含泪的笑,低下头,说,我被你的笛声弄成这样子。石头看水水的眼里满是亮亮闪闪的东西。石头说,明天你还来不?水水点点头,嗯一声。

石头来到湖滩时,水水早已坐在那儿。

石头一吹笛,水水竟看见一群少年在绿意葱茏的湖滩嬉戏。一群鸟在少年们的头顶上欢叫不停。温暖的阳光柔柔地洒在茅草上。风吹来,湖水泛起圈圈涟漪!茅草也沙沙着响。

后来,太阳坠下山了,被湖水洗得一尘不染的月亮从湖里爬起来,少年都回家了。柔风吹来,水水听见一对情人在窃窃私语,不时夹杂着女人咯咯的脆甜的笑声。一些叫不出名的野花正在他们的甜言蜜语中静悄悄地开放。水水闻到了野花的芬芳。水水听到情人接吻的叭吱叭吱声,水水的脸红了,呼吸急了,心乱跳了,水水的嘴巴情不自禁张开了,一股泉水般清澈的歌声和着石头的笛声欢快地跳跃:

> 月光光,水汪汪,
> 照见阿妹给阿哥洗衣裳。
> 洗得白,晒得黄……

村人从没听过这样欢快的笛声,都拥出门,来到湖滩上,水水同石头紧紧拥抱在一起,耳畔的笛声歌声从哪里来的呢?村人揉揉眼,哪有什么笛声什么歌声?村人都摇着头笑了。

石头同水水结婚后,日子过得更是恓惶。靠二三亩薄田肚子都难填饱,哪能还账?石头说他要去省城找事做。水水很想跟石头一起走。可让田地荒着,会遭人骂。水水只不停叮嘱石头去了省城别学坏,要时时想着她。

石头靠吹笛进了"乐乐歌舞团",在一些夜总会大酒店吹笛,石头的笛声迷住了不少人。石头也上电视。水水也见到电视上的石头了,水水高兴又哭又笑。可水水见石头身边有个年轻漂亮的女人,那女人看石头的眼里

满是火样热的东西。石头吹笛时,那女人竟唱起歌来。那一刻水水的心刀剜样痛,那女人站的位置应该是她的呀。后来石头竟握着那女人的手朝观众点头。水水真想砸了邻居的电视机。水水觉得好多人拿刺样的目光看她,她脸上火烤样烫。水水羞得忙逃出了邻家的门。

水水躺在床上流了一晚的泪。她把石头骂了千遍万遍,还不解恨。天蒙蒙亮时,水水去了鄱阳湖边。

天亮后,村人发现浮在水面的水水,忙救上岸了,可水水的身子已变得冰凉。

此时石头来了。石头正在一夜总会吹笛,忽儿有种不祥的预感,忙急急往家赶。石头见了躺湖滩上的水水,跪下来,石头不相信水水会死,石头又吹起笛。

被湖水洗得一尘不染的月亮从湖里爬起来,一对情人在窃窃私语,不时夹杂着女人咯咯的脆甜的笑声,一些叫不出名的野花正在他们的甜言蜜语中悄悄开放……水水的嘴巴动了动,村人欢呼,水水醒了!水水醒了!石头已是一脸的泪水,石头仍吹他的笛,很柔很软的歌声从水水嘴里流出来了:

月光光,水汪汪,
照见阿妹给阿哥洗衣裳。
洗得白,晒得黄……

石头丢了竹笛,紧紧一把搂住水水,喊,水水,我的好水水!你不会狠心扔下我的!

此时,一轮圆圆的日头从湖里跳出来了,石头和水水的心里都跟着暖和起来。

Zui Hou Yi Zhi Shu Hou

最后一只树虎

快乐的二傻

二傻是我饭店里的服务员。

当初招二傻时，妻子极力反对。妻子的反对并不是没有道理，二傻长得丑，走路一跛一跛的，左肩高出右肩一大截。而且个子矮，才一米五。妻子说："顾客见了他，会没食欲的。"但我想帮二傻。二傻再找不到工作，会饿肚子的。另外，二傻脸上的笑吸引了我。二傻的笑同婴儿的笑一样，纯洁、简单、透亮、真实，这笑是从心底里流出来的。我一见他的笑，感到很愉快，也想笑。

我对妻子说："先试试，不行再说。"

二傻第一天端菜，菜汤就泼到一顾客的衣袖上。二傻慌赔不是："对不起，真对不起，我不是故意的，您千万别生气，这是我第一次端菜……要不，我给你唱首歌……烦恼烦恼真烦恼，我办的喜事真烦恼，丈娘狮子大开口，这不能缺，那个不能少，结婚的彩礼还拼命要……"二傻边唱歌，边做鬼脸。二傻的声音并不好听，但他滑稽的样子把许多顾客逗笑了。许多人鼓掌，那顾客也笑着鼓掌。他一笑，二傻就知道他原谅了自己，一个劲地说："谢谢，真谢谢你原谅了我。要不，老板准不会要我。"他走时，二傻说："希望我下回还能为您服务。""行，我过两天来。"他拍了一下二傻的肩，"你真可爱。"

妻子说："还是让二傻走吧，要不所有的顾客都会被他赶跑，我们这里不是慈善机构。"

"要不再过两天。"我也犹豫。

幸好后来的两天,二傻没出啥差错。而且那人,也就是被二傻泼了菜汤的顾客真的又来店里吃饭了。那人自己拣一张空桌坐下后,喊:"二傻,来杯茶。"

二傻应:"来啰。"二傻脸上的笑显得更灿烂了。

"你怎么笑得这么开心?"那人说,"我真想像你一样笑。"

这天晚上,店里来了一个眉心里有颗美人痣的女孩。女孩点了两个菜,一瓶一斤装的二锅头。女孩喝酒时,泪水一串串地往下淌。二傻问女孩:"啥事这样不开心?"女孩说:"陪我喝一杯。"二傻说:"喝就喝。"店里规章制度规定服务员不能吃顾客的菜,不能喝顾客的酒。可这个二傻竟然视规章制度为一张废纸。二傻从女孩嘴里得知今天是她的二十岁的生日,男朋友也在这一天与她分手了。二傻去了厨房,拿来一个酒盅样大的蛋糕,并拿来两根比牙签稍粗的蜡烛。二傻把蜡烛插在蛋糕上,点燃了。然后对大厅里所有的顾客说:"能允许我关一会儿灯吗?一个女孩今天二十岁生日,而且她今天遇到一件开心的事,她把一个臭男人甩了。"所有的顾客都说:"行。"二傻关了灯,对女孩说:"先许愿,再吹蜡烛。"女孩吹了蜡烛,二傻用那五音不全的嗓子唱:"祝你生日快乐……"所有的顾客也跟着唱:"祝你生日快乐!……"女孩笑了,泪水却淌得更欢。

女孩走时,弯下腰拥抱了二傻,并在二傻的额头上亲了一下:"谢谢!谢谢你给我带来快乐和幸福。我会记住你的。"

几天后,二傻发现了一个脸上挂着泪水的中年妇女,那女人一个劲地喝酒,二傻走上前,站在她面前笑。中年妇女问:"你笑啥?"二傻装出一脸傻相:"笑比哭好,我就笑,不哭。"中年妇女说:"你这个二傻!你问我干吗不开心?我和丈夫已冷战一个月了,谁也不理谁。"二傻说:"我给你讲个小故事。有两个脾气很犟的人在一座独木桥上相遇了,谁也不让谁过,他们站了一天,然后坐下了,又一天,他们躺下了。"中年妇女笑了:"行,我听你的。我现在就给他打电话,让他来陪我吃饭。"一会儿,一个男人来了。男人敬二傻的酒:"谢谢你让我们夫妻和好。"

许多顾客都喜欢二傻，二傻把他天使样的笑传染给每个顾客。二傻让他们把痛苦留下，把快乐带走。顾客都抢着要二傻服务，"二傻，给我添茶。""二傻，给我拿个打火机。""二傻，帮我催一下菜。"二傻乐颠颠地跑来跑去。

快乐的二傻让我店里的生意越来越好。一个顾客对我说："再痛苦的人一见二傻脸上的笑，都会情不自禁地想笑。"

让我没想到的是，二傻却永远地离开了我们。二傻得了肠癌。二傻笑着对我说："我早知道自己得了癌。"二傻出殡那天，一两千个人来送二傻。而且这天是二傻二十五岁的生日，那个眉心里有个美人痣的女孩拿来一个脸盘样大的蛋糕。女孩把蛋糕放在二傻的灵台前，然后把二十五根蜡烛插在蛋糕上，点上了，然后自己吹灭了了，然后唱："祝你生日快乐……"在场的所有人也跟着唱："祝你生日快乐！……"许多人都哭了，声音哽在喉咙吐不出来，变成呜咽。女孩说："二傻准不愿我们哭，我们都别哭，我们要快乐……"女孩说不下去了，泪水泉涌样淌。

为纪念二傻，我把店名也改为"快乐的二傻"。

那个眉心里有个美人痣的女孩来到我店里当服务员，她说她要像二傻那样，把快乐带给每一个顾客。

买水

在鄱阳湖一带，去世的老人入殓前，得由长子披老人生前穿的棉袄，次

摸秋

子端老人的遗像,三儿子端老人生前穿的鞋,幺子端脸盆,依次去池塘"买水"为老人净身。老人岁数越大,儿孙越多,去的池塘也越多,买的水也越多,有去一口池塘买水的,有去几口池塘买水的。买水时,随行的亲属披条宽五寸,长一米的白布,称戴孝。儿子一辈的戴白布,孙子一辈的戴黄布,曾孙子一辈的戴红布,曾孙子一辈的戴绿布。开路的人放鞭炮,放铳,村人帮着扛布、被单、毛毯。布、被单、毛毯都是死者亲朋好友送的,都挂在竹篙上,以摆死者世面,人越多,祭幛越多,老人越有福气,老人子孙也感到荣光。每到一口池塘,孝子孝孙们都在岸上跪下,由老人的小儿子在池塘盛一盆水,倒入一水桶中。每口池塘只能"买"一盆水。

水买回来后,放在死者门口。村人便端着碗来买水。有专人登记,谁拿了多少钱来买水,一笔笔记上。来买水的人越多,老人的子孙们觉得越有面子。买水的人越少,子孙们脸上越不好看。老人活得岁数越长,是无疾而终,生前人缘又好,子孙多且都有出息,还乐善好施,来买水的人便越多,买的是老人的福气,都想自己今后死时像老人这样风光。反之,买水的人越少。

这天,鄱湖嘴村的德贵和七根同一天去世了。

德贵是村长的爹,其实应说是村主任的爹,但村人嫌叫村主任不顺口,仍叫村长。德贵活了八十岁,而且是无疾而终。德贵生的五个儿女,除村长在农村,其余四个儿女都在城里吃公家饭,日晒不到雨淋不到风吹不到。德贵的晚年过得很惬意,吃好的,穿好的,抽的也是十元钱一包的"金圣"烟。德贵口袋里总不缺钱,钱包总鼓鼓的。德贵在生时,村人都说他命好,说得德贵皱纹里都是笑。

再说七根,尽管活了七十八,却是得了肝癌,在病床上躺了三个月才闭眼的。七根只生了一个儿子,没生女儿,应属儿女不全。七根的儿子也是个种田的,自己的日子都过得紧巴巴,当然没钱给七根。七根种不动田地了,只有去镇上捡破烂。死前三个月,还捡破烂。

德贵去世的第二天,德贵的儿女都赶回家了。儿女们单位上的人,儿女的亲朋好友都送花圈来了。送给德贵的花圈有五六十只。而七根竟没有一只花圈。七根的亲戚都在乡下，乡下人没有送花圈的习惯。

给德贵买水的队伍很长，有一百七八十人。且买了十二口池塘里的水，村里的池塘不够，只有去邻村的池塘里买水。一口池塘一盆水，两只水桶装得满满的。还游了街，引得成千上万的人看热闹。看热闹的人都打听是哪个有福气的老人去世了。当探听到德贵的情况时，都发出啧啧的赞叹声，也都一脸的羡慕。

给七根买水的才二十余人，且只买了四口池塘里的水。

满满一担水放在德贵门口。

德贵的大儿子还叮嘱卖水的人，待会儿村人来买水，别盛满，要不，水卖完了，就没水给爹洗身子。

但半个小时过去了，一个小时过去了，仅十几个人来买水。

去七根家买水的却有一百余人。

七根的儿子亲自为村人盛水。他噙着泪水连说，谢谢，谢谢！七根的儿子一万个没想到来买水的村人这么多，他开初还以为没有人来买水呢。

村人相互招呼，你也来这买水？咋不去那买水？

我才不去那个小气鬼家买水呢。有一回，我儿子交学费少了二十块钱，我低声下气对他说了一箩筐好话，他只有两个字，没钱。七根叔知道后，二话没说，把口袋里的钱全掏出来了，尽管只有十五块钱二角五分钱，我当时眼窝子都湿了。

我也是，我女人得了子宫癌，医生说发现得早，只要开了刀就没事。我没钱去找他借，还朝他下跪了，他就是没拿一分钱。晚上，七根叔却来家送了三十五块钱，七根叔那时对我说，我只有这么多钱……

我儿子那回掉进了鄱阳湖，七根叔衣服也来不及脱，就跳进湖里救起我儿子。他却躲开了……

修村小学，还差五百元，七根大伯去医院卖了次血，而他才出了一百元。

村子路上的沙石是七根叔公花钱铺的……

七根的儿子听着村人念着他爹在世的好，泪水掉下来了，许多村人也掉

摸
秋

了泪。四盆水很快被村人买完了。七根的儿子说，你们等等，我这就去买水。七根的儿子挑着水桶就走，走得飞快。

德贵的儿女们一个个阴着脸。他们弄不明白，村人为啥要买七根的水而不买自己父亲的水。自己的父亲的命比七根的命不知要好上多少倍。德贵的一个堂侄子说，村人都说叔太小气，说叔尽管有钱，但他们没得一点好处。说七根虽然没钱，但他尽最大能力帮他们，还说七根为人正直，说七根心地善良，说七根……德贵的大儿子大吼，别说了。

半个月后，村前那条被七根铺了沙石的路修成了水泥路。路是德贵的五个儿女们修的。德贵的儿女们说，修路的钱是德贵生前省下的。

塑造男人

父亲断气前对二牛说："……好对不住你，我借了月儿家五万元钱，全赌输了……"

二牛惊得说不出话，许久许久才说："爹，这真的是真的？"

父亲的眼却合上了。

安葬了父亲，月儿拿着二牛父亲写的借条找到二牛："你爹借了我五万元钱，你啥时能还我？"

二牛愕然地望月儿，不认识月儿似的。月儿的心针刺了下，但咬咬牙仍说："自古父债子还，你不会赖了这五万元钱吧？"

泪从二牛眼里溢出来,顺着脸唰唰地往下淌。月儿好想像以前那样把二牛搂在怀里,轻轻拍着他,柔柔地替他拭去泪,但月儿不能。

二牛语无伦次地说:"我拿什么还……我会还的!哈哈,我会还的!"

二牛跌跌撞撞地走。

月儿的心火灼了样辣辣地痛,泪水也糊满月儿的脸。

晚上,二牛坐在鄱阳湖畔伤心地无声地哭。他已绝望了。他做梦也想不到月儿竟这么绝情。以前把月儿想得太好了,如今……二牛慢慢走下鄱阳湖,冰凉的湖水一点点淹没他。

可二牛没死成。

二牛醒来后,脸上挨了月儿狠狠一耳光:"你这窝囊废,竟想死!你死了,我的五万元钱找谁要?你想死,先还了我的钱。如不是你欠了我的钱,我才不救你这个软骨头……哼,为五万元钱去死,值吗?你一个大男人就只值五万元钱?"

二牛眼里的泪渐渐干了,看月儿的眼里喷着怒火,二牛一字一顿地说:"我会还你的五万元钱。"

"大男人说话可要算数,别再跳湖就行。"月儿说着走了。

二牛想到去南方打工。二牛正为路费焦虑时,邻居二山来了。二山说:"没路费好说,我可借你五千元钱。""你真好,谢谢你。""别问那么多,今后赚了钱还我就是。"

二牛紧紧握住二山的手说:"真谢谢你,如我真有发达的那一天,绝不会忘了你。"

二牛便整理行装。

第二天一清早,二牛背着包上路了。二牛没回头,一步一步地往前走。

月儿站在山坡上,掩在一棵树后,望二牛渐渐远去。二牛走得不见影了,月儿还站着。月儿的眼里又晃着晶亮亮的泪。

太阳出来了,月儿还站着。

月儿站成棵相思树。

"月儿,回吧。"月儿没听见样。

是爹唤月儿。

三年后,二牛回来了。二牛一副富豪打扮,从头到脚全是名牌。左手提着个密码箱,右手搀着一个村人只在画上才见到的美人。

月儿躲在房中流泪。

就在此时,二牛在门外喊:"喂,有人吗?"

月儿忙拭了泪,笑着说:"哦,是二牛,你回来了。"

二牛见了月儿消瘦的样儿,吃了一惊,三年不见,月儿竟变得这样快。

"进屋坐坐吧。"

"不,你门槛太高,我进不了。"月儿见二牛这样说,红了脸,便冷冷地说:"你是还钱来了吧。"

"你猜对了。"二牛从提包里拿出三扎钱:"这是十万,五万是债,五万算利息。"

月儿不接钱,进了屋,反而拿出一摞钱,说:"这四万元钱是你爹放在我这里的……你也不欠我的钱。"

二牛愕了:"这这……咋回事?"

"你去问你爹。"月儿又落泪了,月儿忙进了屋,关了门。

这时二山来了,二山扎扎实实捶了二牛一拳:"你这没良心的,丢下月儿这么好的人不要……"

"是月儿先没良心。"

"你还不明白?"二山见二牛愕愕的,就说,"你爹根本不欠月儿家的钱。你爹和月儿见你书呆子样,对什么事都不感兴趣,只顾关在房里写小说。又见你那么脆弱,他们担心你生存能力差,想让你到社会上锻炼锻炼,变得男人样,因而……你的路费都是月儿让我给你的。"

"……"二牛惊得一句话也说不出来,傻傻地站在那儿,许久,才去敲月儿的门:"月儿,开门,开门……"

月儿会开门吗?

糖纸钱

胖胖的娘长得俊，眼黑亮得似两泓清澈的泉水。胖胖的娘一走路，一条长至腰际的麻花黑辫，就一摇一晃，腰肢也一扭一扭的，丰满的胸脯也一耸一耸的。可她的男人却没福气，做了短命鬼。村里的男人都想当胖胖的爹。

媒人就把胖胖家的门敲破了。胆子大的男人，不请媒人直接跟胖胖的娘说。

胖胖的娘红了脸，两只手不停摆着辫梢。这害羞样更让男人心怜，男人眼里的情意更浓了，话也更甜了，嫁给我吧，我会疼你……

胖胖的娘摇头。

没男人的日子难熬。挑水担粪，耕田耙地等力气活全得靠一个人，忙累得想分身。累了，想靠一下都没地方靠。

胖胖的娘怕胖胖受委屈，说，谁做胖胖的爹，让胖胖自己选择。

许多男人讨好胖胖。买好吃的东西给胖胖吃，买玩具给胖胖玩，这些东西，胖胖好想要，特别是那些糖块，馋得胖胖不停流口水，胖胖却不敢要，男人问，为啥不要？

胖胖说，我娘说我不能随便要别人的东西。

许多男人无计可施，便打别的女人的主意去了。

…………

胖胖喜欢在村头拐子的百货店玩。拐子养了只小狗，小狗同胖胖熟了，就总围着胖胖转。

拐子几次拿冰糖、饼干给胖胖吃。胖胖总不敢接。胖胖怕挨娘的骂。

一回，拐子又拿冰糖给胖胖吃。胖胖不接。拐子说，你拿钱买总行吧。胖胖说，我没钱。拐子说，你袋里有钱。胖胖就从袋里掏出两张糖纸，这是钱？拐子说，不是钱是啥？

胖胖好高兴，就拿两张糖纸换了一块冰糖。胖胖吃得津津有味。胖胖一馋，就去捡糖纸，可农村娃吃糖少，因而糖纸难捡。胖胖馋得不行，就去镇里捡糖纸，好在镇离家近。

胖胖捡到了糖纸，就买好吃的。

胖胖吃东西时，拐子一脸幸福，好像自己吃好吃的东西。

村里的男人见胖胖同拐子相处得那么好，都笑，拐子，胖胖快叫你爹了。

拐子变了脸，别乱嚼舌头。左邻右舍，谁个没难处，帮点忙，不该吗？

男人们听不进拐子的豪言壮语，都哈哈地哄笑。

一回胖胖的娘病了。胖胖说，娘，我去请医生来。

胖胖的娘眼里汪着泪，说，甭去，要花钱的。

胖胖说，我有好多钱。

你哪来的钱？

胖胖就从口袋掏出十几张叠得好好的糖纸，娘，这些钱如不够，我再去捡。

孩子，那是糖纸，不是钱。

不，娘哄我。我总是用这钱买拐子叔的东西吃。

啥？

胖胖娘听胖胖讲了一切，蓄在眼里的泪就掉下来了。胖胖娘挣扎着下了床，拉着胖胖去了拐子的店，对胖胖说，叫爹。

胖胖高兴地叫，爹。

拐子说，使不得，真使不得……我拿东西给胖胖吃，真的没存这种意思。

我只是见胖胖可怜，人家有爹的孩子多少不一有点零食吃，可我从没见胖胖吃过零食，我就……

胖胖娘说，你讨厌我？

咋，咋这样说呢？……拐子窘得脚都没处放。

此时，传来一阵欢欢悦悦的爆竹声，一阵喜气洋洋的唢呐声。哦，又有人办喜事了。

杀人的小胖

七岁的小胖又来到了派出所，对那个脸上有块刀疤的警察说："我杀人啦，你关我吧，把我同我爸爸关在一起。"小胖的嘴巴原本很甜，见了比他爸年龄小的男人喊叔叔，比他爸年龄大的男人喊伯伯，但小胖很恨这个警察，是他抓走了爸爸。

警察笑着说："你杀了谁？"

小胖自然答不上来。

小胖已来了派出所几次，每次来都说自己杀了人。小胖想他杀了人，警察就会抓他，就会把他关在牢里，那他就可以见到爸爸，天天同爸爸待在一起。

"回家吧，叔叔忙，又要出去抓坏人。"

"我爸爸是好人，你怎么也抓？"

"可你爸爸杀了人。"

"是那狗屎先害我爸爸的。你应该抓他,他是坏人。"

警察知道小胖说的狗屎就是邓亮。邓亮是个游手好闲、好吃懒做、不务正业的二流子。但这个二流子长着一张白皙的脸,又有一张涂了蜜一样甜的嘴巴,因而很讨女人的欢心。邓亮就靠脸蛋和嘴巴俘虏了小胖妈妈的心。小胖的妈妈天天同邓亮混在一起,小胖的妈妈欺负小胖的爸爸老实,总带邓亮来家里鬼混。小胖的爸爸也知道了,苦口婆心劝小胖的妈妈回心转意,小胖的妈妈根本听不见小胖爸爸的话,依然同邓亮鬼混。但老实人也有发怒的时候,老实人发起怒来且更可怕。小胖的爸爸蹬了一天三轮车,累得腰酸腿痛,口干得冒烟,一拎热水瓶,却是空的。又见邓亮同自己的女人赤身裸体地躺在床上,压在心里的怒火像岩浆一样爆发了。更让小胖爸爸愤怒的是两人见了他一点也不慌乱,眼里似没有他这个人,仿佛他是侵入者,邓亮是这家的男主人。小胖的爸爸去厨房拿了把菜刀,对着邓亮就砍,幸好小胖的妈妈死死抱住了他,要不邓亮准变成他刀下之鬼。

小胖的爸爸判了五年刑。小胖的妈妈竟然同邓亮走了,对小胖不闻不问。小胖只有同爷爷一起过。小胖极想见他爸爸,想妈妈带他去看爸爸,可小胖的妈妈一口拒绝了。小胖想见爸爸的愿望却极强烈,他已半年没见到爸爸了。

从派出所出来的小胖想,只有真杀人,真杀人了,警察才会抓他,才会关他,那他才能见到爸爸,才能同爸爸在一起。在小胖心里,爸爸是他世上唯一的亲人,是最亲最亲的人。

小胖便把一把水果刀藏在口袋里。小胖想杀人,但不知道杀谁。小胖不想杀无辜的人。我要杀最恨的人。这念头一冒出来,小胖眼前就出现狗屎的样子。小胖一直叫邓亮为狗屎。小胖却不知狗屎在哪里。妈妈同狗屎走了一年,没来看过小胖。小胖便整天在大街小巷转,他想他一定能找到狗屎的。即使抓不到狗屎,能找到妈妈也行,找到了妈妈就找到了狗屎。但小胖转了一个多月也没见到妈,更没见到狗屎。

爷爷对小胖说,你去找你姨,你姨知道你妈住在哪。小胖去了姨家,对姨说:"你带我去找我妈吧,我想我妈,我已一年没见到我妈了。"小姨答应了,我这就带你去。

小胖到了妈妈房门口,门是锁的。小胖懂事地说:"姨,你去忙,我在这守我妈。"姨掏出二十块钱递给小胖。小胖接了,小胖想买两包好烟,去了牢里给爸抽。小胖的爸爸总抽一二块钱的烟。

小胖一直坐在门口等,天黑了,狗屎和小胖的妈也没来。小胖肚子也饿了,小胖口袋里尽管有二十块钱,但舍不得买吃的,他要给爸爸买烟。后来小胖就靠在门上睡着了。

也不知过了多久,小胖感到大腿上痛,一睁开眼,狗屎踢他。狗屎一身的酒味。狗屎说:"你来这儿干吗?"小胖说:"等我妈。"狗屎开了门,小胖跟着进了屋。狗屎喝了太多的酒,脸也不洗就上床睡了,片刻打起雷样的鼾声。小胖来到狗屎床前,拿出刀,小胖的整个身子都抖得厉害。但小胖想到只有杀了狗屎他才能见到爸爸才能同爸爸待在一起,便咬咬牙,抡起刀狠劲朝狗屎脖子上乱刺。狗屎哼了几声,后来不哼了。

小胖拿着带血的刀出了门,来到派出所。碰巧疤脸警察值门,小胖说:"我杀人啦。"

疤脸警察不信:"你又说胡话了。"

小胖把那把有血的刀递给疤脸警察看:"我这回真杀了人。"

"杀了谁?"

"狗屎。你这回总可以关我了把。我求你把我关四年,把我同我爸爸关在一起。"

疤脸警察见了那把带血的刀,慌了:"你真的杀了狗屎?"

小胖一脸自豪地笑:"真的。"

最后一只树虎

那天傍晚,石头、大山和玉米在树林里捡蘑菇。玉米突然吼:"快来看,这是啥?"大山离玉米近,跑过去一看,地上趴着一只头像老虎,身子像松鼠的东西。大山说:"这不是树虎吗?"可父亲不是说树虎已绝迹了吗?大山父亲是捕树虎的高手。父亲知道树虎藏在那些树洞里,便在藏有树虎的树洞口撒上网,几个时辰后准能网住一只树虎。如果网住了小树虎,或者怀孕的母树虎,大山的父亲便毫不犹豫地放生。

树虎那时卖得很贵,一只卖到五十块钱。树虎除它毛皮可做手套、围巾、背心、大衣外,还有极高的药物价值。村里如谁患了肺病、咳嗽、哮喘,或者肾虚、腰痛、腿酸,或者小孩感冒,女人生完小孩身子虚等,都无须上医院打针吃药,捕一只树虎,剥了皮,剁细,放进一罐里,拿旺火烧一个时辰,吃了,美美地睡一觉,啥病也没。有病的人吃了树虎病会好,没有病的人吃了树虎,精气儿足,不容易得病。

因而村里每个男人都捕过树虎。树虎却鬼精,胆子同松鼠一样小,一有风吹草动,便逃之夭夭。但树虎有个弱点,极讲情义,从不丢下同伴。因而有人捕获了一只树虎,便把树虎绑在一棵树上,不能用绳,用绳,树虎会咬断,要用铁丝绑。然后在树虎边上张开网。周围的树虎轮番给被绑的树虎喂食,那些树虎便一只只被网住了。

大山捧起瑟瑟发抖的树虎："不是说没有树虎吗？"大山抚摩着树虎的身子，"这可能是最后一只树虎。"

玉米说："这树虎的脚断了。"

大山想让树虎站在他手掌上，可树虎的一只脚软挂在那儿。

石头说："树虎不是很讲情义吗？我们把这树虎绑在这儿，以它为诱饵，捕获别的树虎。"

大山不同意："还是先给它治好伤。"

大山抱着树虎回了家，削好两块竹板，牢牢地夹住树虎的腿，扎好绷带。

半个月后，树虎就能在笼子里活蹦乱跳了。

大山想把树虎放入树林，又担心树林里没别的树虎，一只树虎很难生存。树虎的天敌又多，野猫，猫头鹰，蟒蛇都喜欢以树虎为食。大山想知道树林里到底有没有别的树虎。大山把装有树虎的笼子放在一棵树下，自己爬上离树虎十几米的一棵樟树上。

三个小时过去了，也没有一只树虎来。

如果树林里有别的树虎，一定会给笼子里的树虎衔来食物。大山手里的树虎无疑是树林里最后一只树虎。

因为是最后一只树虎，所以倍加珍贵。

许多人不远千里来看树虎。有不少人对这只树虎开出天价，但大山毫不心动，坚定地摇头："你出再多的钱也不卖。"

那些人很不理解："你要这树虎干吗？""你如卖了树虎，就不要住这泥巴屋，可以住楼房。"

"这儿是树虎的故乡，它生在这里，今后也应该死在这里。"

已成为玉米丈夫的石头来讨要这只树虎了。石头说："这树虎是玉米先看到的，应该属于她。"

大山说："你让玉米自己要。她如开口要，我二话不说地给她。"

"你知道玉米的性格，她不会来求你的。要不，我给你十万块钱，这树虎归我？"

大山"哼"一声:"你以为钱能买到一切？"

石头笑了:"钱难道不能买到一切？比如爱情。"

大山听了这话,脸刹地变了。原本玉米同大山爱得死去活来,正准备结婚时,一场暴风雨。玉米家的房子倒了。玉米便放出话,谁出钱给她家盖房,她就嫁给谁。

大山没那么多钱。那时也没人出大价钱买树虎。

石头却有。也舍得拿。

玉米便成了石头的女人。婚夜,玉米流了一晚的泪。

石头不死心,还想得到那只树虎。有人找他愿拿一百万买那只树虎。

这天中午,大山正端起饭碗。玉米的娘来了,她一脸的泪水:"玉米突然晕倒了,也不知患的啥病。"

"快让石头送玉米去医院呀！"

"石头在城里,村里的医生也查不出啥病,医生说吃了树虎,玉米的病就会好。"

玉米的娘走后,大山便流着泪杀了树虎。

大山端了一钵树虎去了玉米的娘家。大山进了院门,玉米竟在井边洗衣服。大山说:"你不是病了吗？"玉米笑了:"谁说我病了？"石头却说,"你刚才不是晕倒了？"大山这才知道他上当了。大山把手里的钵狠狠摔在石头脚下:"你不是要树虎吗,拿去吧！"树虎肉撒了一院子,浓郁的香味引来村里所有的狗。石头把狗赶出院子,闩上院门,把肉一块块扔进嘴里。石头一边吃一边说:"多可惜,一百万没了！我以为这小子会拎着活树虎来,哪知他自个儿杀了。"

玉米冷冷地说:"明天我们去离婚。"

"离婚？"

"嗯,离婚！"

玉米再懒得理石头了,她出了门,她想同大山赔个不是,要是大山心里还有她,她愿做他的女人。玉米到了大山家,大山的门却锁了,邻居说:"大山拎着个蛇皮袋走了。"玉米拔腿去追,有多大步子迈多大步子。

天渐渐黑下来了。

两只茶壶

李大眼十五岁那年离家出走了。

出走的原因很简单,他见柜子里有两只茶壶,拿出一只玩,不慎摔碎了。母亲李荷花一连打了李大眼几个耳光,她用的劲太大了,打得李大眼一个趔趄,险些摔倒,还破口大骂:"你这个破家仔! 当初不收养你还好一点! ……"

李大眼打蒙了,捂着红肿的脸愕愕地望着因愤怒而五官变了形的母亲。母亲骂什么李大眼听不见了,他只看到母亲的两片嘴唇飞快地动着。在李大眼的记忆中,自九岁那年被李荷花收养后,李荷花从没打过他。

一脸泪水的李大眼打开门,然后用力一摔,门"嘭"的一声巨响,整幢楼都颤动了。李大眼头也不回地走了,身后传来李荷花的咆哮声:"你有种,跑出去就别再进这个门! "

"我情愿在外饿死,也不进你家的门。"李大眼咬牙切齿地说。此时的李大眼极恨李荷花,自己到底不是她亲生的儿子,他不就是摔破了一只破茶壶吗? 可她竟舍得往死里打他。在她心里,自己竟不如一只破茶壶。

李大眼不想再见到李荷花,他来到另一座城市。十五岁的李大眼找不

到活,只有靠捡破烂混肚子。后来,李大眼进了一家玩具厂当搬运工。几年后,李大眼同厂里一个叫黄小琴的女人结了婚。他们两人的工资除了交房租,除混饱肚子,总剩不了钱。他们的口袋总是瘪的。他们的儿子出生后,黄小琴在家带。一家的生活重担全压在李大眼瘦弱的肩上了。李大眼长身体的时候,总吃不饱,营养跟不上。因而李大眼个子矮,还瘦。家里入不敷出,连混饱肚子都成了问题。李大眼觉得自己极窝囊,连老婆孩子都养不起。偏偏屋漏又遇连大雨,儿子又病了。儿子得的是肺炎。开初儿子感冒,流鼻涕、高烧。李大眼想省钱,又怀着侥幸的心理。感冒不是大病,拖一拖就会好的。因而没带儿子上医院。后来儿子烧得喘气都喘不过来,李大眼才急了。抱着儿子上了医院。医院一诊断,竟是肺炎。李大眼在跟老板说了上千句好话,还差点下跪,才借了两千块钱。这钱只用了三天,医生又要李大眼交钱。否则就停药。李大眼再借不到钱了。

走投无路的李大眼想到了他的养母李荷花。李大眼回乡进了李荷花家,李荷花竟不认识李大眼:"你是谁?"

"我是李大眼。"

"李大眼是谁?"

"李大眼是你儿子。"

"我没有儿子。"

此时,进来一个五十岁的女人。女人拎着个菜篮子。李大眼认出了保姆刘阿姨:"刘阿姨,你一直没走?"刘阿姨认不出李大眼,李大眼说:"我是李大眼。"刘阿姨这才想起来:"李大眼?你是李大眼?快坐,这些年你是怎么过的?你走后,李阿姨四处找你,睡梦中都哭喊着你的名字。她还总跟我说不该那么狠心打你。"李大眼的鼻子有点酸:"可她认不出我了。"刘阿姨说:"她患病后,连我都不认得了。"

李大眼想,怎样才能唤醒她的记忆呢?李大眼便想到那只茶壶。李大眼打开柜子,茶壶还在。李大眼拿出那茶壶对李荷花说:"妈,你还记得这茶壶吗?我摔破了一只,你打了我,我离家出走了。"可李荷花茫然地摇摇头。

李大眼便抢起茶壶，李荷花喊："别，别……"可是晚了，茶壶"砰"的一声摔在地上，成了碎片。李荷花哭起来："大眼，你不该摔破这茶壶……""妈，你记起我了？"李大眼激动得一把抓住李荷花的手："妈，我是李大眼，你的儿子李大眼。"李大眼的泪水流了一脸。

李大眼从李荷花的嘴里才得知他摔碎的两只茶壶是他养父家的传家之宝。这两只茶壶是明太祖皇上赐给养父祖上的。李大眼的养父在"文革"中因不交出两只茶壶被"红卫兵"活活打死了。前年，有人出一百万想买这只茶壶，李荷花不卖，李荷花说："我要把这茶壶传给我儿子李大眼，让这茶壶一代代传下去。"

"妈，你咋不早对我说？"李大眼的心痛得痉挛成一团，"我若早知道这茶壶的价值，我也不会恨你，也不会离家出走，那我也不要吃那么多苦。""你那么小，我怎么会告诉你？"李荷花叹口气，"唉，悔也没用。摔碎了就摔碎了。这壶也不是白摔碎了，它把我的病摔好了。"李大眼也连连点头："这壶治好妈的病，值。"

吃饭时，李荷花问李大眼这些年怎么过的时，李大眼一五一十地说了。李荷花从抽屉里拿出一个存折，对李大眼说："这存折上有五万块钱，你快去治儿子的病。这存折的密码是你出走的年月日……啊，我还是同你一起去，我急着想看我的孙子。"

摸秋

Hui Shuo Hua De Chao Piao

会说话的钞票

海殇

六月天,孩子脸。这不,火球似的太阳刚才还端端地挂在头顶上,忽儿不知去向了。阴云却是愈聚愈厚,愈压愈低,头顶上的天空就如一块脏兮兮的抹布。

海那边的天空掠过一道闪电,接着轰隆隆的雷声在海面上炸响了。

海滩上的刘琦朝她男朋友招着手:"天明,要下雨了,快上岸。"

天明便往海滩上游。天明刚刚学会游泳,只会狗刨式。因而天明只在浅水里游泳,不敢往深处游。

这时,天明听见身后有个女人喊:"救命啊——救命啊——"天明往后一看,海里有个女人在乱扑腾,一沉一浮的。

海滩上也有许多人朝天明喊:"快救人,快救人呀。"此时天明离那呼喊的女人最近,刘琦也喊:"天明,快救人,快救人。"

此时刮起狂风。一个一人多高的浪头扑来,天明的鼻子里、嘴里、耳朵里灌满海水。天明的脑海里轰的一声响,完了,自己准会死在这里。又一个海浪扑来,天明被海浪推了几米远,天明的脚竟着地了。

天明拼命地往海滩上跑。

海里的呼救声也消失了。

下雨了,雨极大,成千上万道水帘子从天上落下来。海和天连成一片。

一人多高的浪头一个接着一个朝海滩上扑来。

一具尸体终于被海浪抛在沙滩上。

一个女人对着天明说："她呼救时，你如能拉她一把，她或许不会死。"海滩上所有的人都拿刀子样的目光看着天明。天明羞愧地低下头。刘琦厌恶地甩开天明搭在她肩上的手，跑了。

天明在后面追："刘琦，刘琦。"天明很快追上了刘琦。天明想拉刘琦的手，刘琦却躲开了："别碰我。""你知道我不会游泳，我那时都差一点淹死。我如果救她，不但救不了她，还得搭上自己的这条命。""救人与救不了人这是两码事。你不救人，可看出你的人品，你如果尽自己最大的力量去救她，但救不了，又是一回事。但你只管自己逃命。如果我掉在海里快没命时，你准也不会救我。你让我失望，今后你别再找我，我不想嫁一个人品不好的男人。"刘琦说完又跑了。天明绝望地喊："刘琦——刘琦——"刘琦跑得不见影了，天明坐在沙滩上捂着脸哭起来。

第二天，天明见死不救的事上了报纸。

天明无论走到哪，身上都落满锥子样的目光。

天明在单位上也抬不起头来。

天明见一个熟人就说："如果有个女人掉进了海里，而你又不会游泳，你如果去救她，不但救不了她，而自己也会被淹死。那你说你还救不救她？"

那些人都不理睬天明，只咕噜一句："神经病！"就走自己的路。

天明问自己，我难道真的该去救她？天明又一想，可我如果去救她，不但救不了她，自己也得淹死。那我去救她还有什么意义呢？此时，天明的耳畔又响起那女人的呼救声："救命啊……救命啊……"女人的呼救声雷声一样在天明的耳畔响个不停，天明的耳朵震得发麻，天明的头痛得也像要炸裂一样。天明便紧紧抱着头喊："痛死我啦，痛死我啦。"

天明竟疯了。

疯了的天明总在海滩上颠颠地走，嘴里总胡言乱语地念："你别再叫，我这就去救你……我这就陪着你一起死……"

这天，天明正在海滩上走着，忽儿看见有个女人在海里乱扑腾，女人又在大声呼喊："救命啊——救命啊——"天明一下跳进了海里。天明朝那在海里一浮一沉的女人游去。

但天明没游一点远，就喝了几口海水。天明再也游不动了。天明心里说，对不起，我救不了你了，我也要死了。天明在海面上乱扑腾了几下，就慢慢往下沉了。

天明被人救上岸时，眼睛已合上了。

海滩上的人都纳闷，这疯子干吗跳海呢？后来有个人喊，瞧海里还有条狗呢。海里真的有条狗，狗在海里汪汪地叫。有个人说，这疯子是不是想救那条狗？马上有个人反驳，他连人都不救，还救狗？

会说话的钞票

民工满生站在一蛋糕店前左看右看，不知买哪个蛋糕好。满生的老婆今天满三十岁了，他想买个蛋糕让老婆高兴高兴。他们结婚十年了，但满生从没给老婆买过生日蛋糕。

店里的一名员工问满生："买哪个蛋糕？"

满生说："我也不知道，都太贵。"那名员工便招呼别的客人去了。

此时，一个年轻人碰了满生一下，那人撞的力度很大，满生一个趔趄，差点摔倒。那年轻人忙说："对不起，对不起。"满生慌一摸口袋，空的，钱包

摸秋

不见了。满生忙跑上前，抓住那年轻人的手，大声喊："你还我的钱包。"

年轻人很凶："你欠揍，谁拿你的钱包了？"

已围了一圈看热闹的人。

刚好来了两个警察。高个警察问："什么事？"高个警察的语气也很凶，他刚同老婆吵了一架。他用二十块钱买了盒金圣烟，老婆说他钱挣不到，花钱却大手大脚。两人就吵起来。两人老是为钱吵。

满生指着年轻人说："他是小偷，偷了我的钱包。"

年轻人说："我没有偷他的钱包。"

高个警察从年轻人的口袋掏出一个钱包，问满生："这钱包是你的吗？"

满生很肯定地说："是我的"

年轻人也很肯定地说："钱包是我的。"

满生对警察说："我的钱认得。"

年轻人冷笑："你的钱还会说话？"

满生说："你说对了，我的钱还真会说话。这钱包里有三张一百块的。二张五十块的，一张二十块的，一张十块的。这里面整整四百三十块钱，是我老婆在酒店端了一个月盘子的工资。其实她这个月发了四百五十块钱，她留下二十块钱做零用钱。我老婆怕我记不住钱的用途，在每张钱上写了字。两张一百块钱上写了'寄家'，意思是寄两百块钱回家。因我爸妈给我们带儿子，我们每个月寄二百块钱，这二百块钱包括儿子的抚养费和对爸妈的赡养费。还有一张五十块钱写了'寄张'，意思是寄给张伯伯，他是我村里人，义务给村人修桥时摔断了一条腿，生活极困难。我手头宽松时就给他寄点钱。"

高个警察看看两张百元钞票，看看一张五十元的钞票，笑着点点头。高个警察抽出一张百元钞票，说："这钱上写了一个'存'字，肯定是存银行的。你一个月就存一百块钱？"

"原来我的钱全可以存起来。可我已半年没发工资了。我在建筑工地上干活，每个月六百块钱。"

"这张五十块钱写了'还',是还给人家的？"高个警察问。

"上个月我病了,发烧,拉肚子,我找工友借了五十块钱,买了一盒退烧药,一盒止泻药。开初上医院,医生开了许多药,我问医生多少钱,医生说要二百多块钱。我说这病我看不起,从医院里跑出来了。"

"这张二十块钱上写了'零和生',什么意思？"

"这个'零'是我老婆写的,意思是这二十块钱是我一个月的零用钱。其实我一个月花不了这么多零用钱。我不抽烟,不喝酒,一天三餐由老板包。我一月只要买包洗衣粉和一盒牙膏。这个'生'这是我写的,今天是我老婆生日,我想给她买一个二十块钱内的生日蛋糕。"

"还有十块钱呢？"

"寄二百五十块钱得要邮寄费二块五,还剩七块五,刚好买盒牙膏和一包洗衣粉。"

高个警察把钱包递给满生,"你的钱真的会说话。但你今后别在钱上写字,这是违法的。"他又对年轻人说:"你还有什么话说？"年轻人伸出双手,说:"铐吧。"矮个警察掏出一副锃亮的手铐,铐住了年轻人的手腕。

人群里爆发出一阵噼里啪啦的掌声,爆发出一阵哗哗的欢呼声。

高个警察对满生说:"谢谢你,你让我懂得生活懂得怎么生活。"高个警察把抽了几支的金圣烟塞给矮个警察。矮个警察问:"准备戒烟？"高个警察点点头:"戒,一定得戒。"

摸
秋

遗嘱

章岩十二岁那年离家出走了。

母亲死后，父亲的脾气变得极暴躁，动不动就打章岩。期末考试时，章岩考了班里倒数第一名。父亲拿了皮带抽章岩，章岩的脸上挨了一皮带，火辣辣地痛。章岩捂着脸跑出了门，父亲在后面追，父亲跑不过章岩，父亲跑了一会儿就气喘吁吁的，父亲喊，你这狗杂种有种就别回家，回了家看我怎么收拾你。章岩吓得不敢回家，便上了一辆开往南方的火车。

章岩后来听说父亲又娶了一个老婆。父亲再婚的第二年，又有了一个儿子。不过儿子有点傻，三岁了，仅会叫爸妈。十岁了，也不知道一加一等于几。

如今章岩已三十岁了。十八年，章岩没回过一趟家。但这回章岩不得不回家了。父亲死了，他作为长子得安排父亲的后事。其实父亲生病后，很想最后见章岩一面，但章岩不想见父亲。章岩到家时，父亲已去世两天。

章岩见了父亲，泪还是掉下来了。章岩想忍住，但忍不住，泪水就那样肆意地在脸上淌。

"哎，你是我哥哥吗？来，擦擦泪。"一个眼神呆滞、神色木然的男人递给章岩一张餐巾纸。章岩接了纸，仔细打量眼前这个傻弟弟。弟弟的眉眼还算清秀，鼻梁很挺，与自己长得有点相像。章岩问道："你叫什么名字？""章阔。""好，这名字好。"章岩从章阔的头上取下几片树叶。

父亲下葬后，父亲生前最好的朋友贺圣文拿出一份遗嘱，对章岩说："这是你父亲立的。遗嘱上说他的十万元现金归章阔，他的价值一百二十万的别墅，如你想要，那你必须同章阔共同生活半年，若半年后章阔愿同你一起生活，那这别墅就归你，但你得监护章阔一辈子。否则，别墅由我卖掉，卖的钱作为章阔今后的生活费。"章岩看了父亲的遗嘱说："贺叔叔，你把这别墅卖了吧……但我有一点不明白，父亲怎么仅有十万元现金？"贺圣文说："你父亲数百万现金全让章阔的母亲卷走了……你真的不想要这别墅？""不要。"但章岩的妻子说："要，怎么不要？我们结婚已八年了，连套商品房都买不起，至今还租房住。"

章岩没再说什么。章岩事事都依着妻子。若不是妻子当初收留了他，他至今还在街上捡破烂呢。

章岩带着章阔上了火车。章阔在火车上很高兴，摸这摸那的。章岩问："你第一次坐火车？"章阔却说："火车很长。"章岩不再主动同章阔说话了。章阔却问这问那的："哥，这火车有汽车快吗？睡在这床上，火车开时会摔下来吗？这车上有多少人？……"章岩不想回答，有的也回答不出来。章阔问个不停，章岩烦了，青着脸吼："你再吵，我就把你扔下火车。"章阔说："哥哥好凶，不好。"章阔只安静了一会儿，又说个不停："哥哥，这车上有多少男人多少女人？男人为什么总喜欢同女人在一起？……"

章岩租的是套二室一厅的房子。章阔来了，章岩只有把儿子的床搭在自己房里，让章阔睡在儿子房里。家里突然多了个人，房子显得极挤。章阔是个闲不住的人，什么东西都翻，翻了却不放好，因而房子里很乱。章阔又喜欢看电视，把声音开得极大，章岩把声音关小了，章阔又把声音开大了。章岩是个喜欢静的人，听见声音一大，心里就烦躁不安。主要的还是不方便，平日，章岩和妻子亲昵时，妻子喜欢叫出声，如今八岁的儿子就睡在身边，妻子不敢出声了，章岩也不敢像往日那样狂放，怕弄出声吵醒了儿子。还有一回，章岩妻子洗澡，忘了锁门，章阔却闯进卫生间，章岩妻子尖叫一声跑出去。

"都是你想那幢别墅。"章岩怪妻子。"忍一忍，半年很快过去了。""我一天也熬不过去了。"

这天星期天，章岩去体育馆看足球比赛，章阔非要跟着去。章岩只有带上章阔。在路上章岩被一个骑摩托车的人撞了一下。摩托车上坐着两个年轻人。骑摩托车的人竟骂章岩没长眼睛。章岩同他们争吵起来。后来由争吵变为动拳脚了。一年轻人对章岩的脸一个直拳，章岩鼻子里的血流了一脸。章阔抱住那人，在他的手上狠狠咬了一口，那人痛得嗷嗷直叫。另一个年轻人拿出一把刀子朝章岩刺来，章阔见了，从背后抱住那人，把那男人摔在地上，但那男人的刀子刺着了章阔的手臂，血一下涌了出来。幸好警察这时候来了。章阔被送进了医院，章岩说："傻瓜，谁让你这样不要命？"章阔说："谁叫你是我哥呢？"原来章阔一点也不傻，傻瓜能说这样的话？

半年过去了，章阔想回家。章岩说："哥哥不好吗？"章阔摇摇头。章岩妻子不想章阔回家。章岩这回没听妻子的话："我尊重他的选择。"妻子说："那我们白白辛苦了半年。"章岩黑了脸："你要知道章阔是我弟弟。"

第二天，章岩把章阔送回家了。章阔到了家高兴得又蹦又跳的。后来章阔见湖里有条死鱼，就捡了根树枝拨鱼，脚下一滑，掉进湖里了。坐在别墅里的章岩忙跑到湖边上，跳进湖里。但章岩忽略了自己不会游泳，他一跳进湖里，就呛了几口水。他不停地呼喊"救命啊，救命啊。"几个人朝这跑来。

贺圣文问章岩："你自己不会游泳，为什么要跳进湖救章阔？"章岩说："因为章阔是我的弟弟。""假设章阔真的出了事，那别墅就归你了呀。""我情愿不要别墅也不想我弟弟出事。"

章岩走时，想到不知什么时候再能见到章阔了，心里就难受，眼睛也发涩了。章岩抱住章阔："弟弟，哥哥要走了，你会想哥哥吗？哥哥想你。"章岩的泪水涌出眼眶了。章阔说："哥哥，别走，我不让哥哥走。"但章岩还是走了，章岩走几步就回头望一眼章阔。章岩快走得不见影时，章阔追上去，对章岩说："哥，我要跟你在一起。你去哪，我跟到哪。"章岩又紧紧拥住章阔:"好弟弟,哥哥也想跟你在一起。"

贺圣文也来了,贺圣文对章岩说:"恭喜你。告诉你一个好消息,你父亲另一份遗嘱说,只要你弟弟自愿同你一起生活,你除了得到这幢别墅外,还可得到六百万块现金。章阔的母亲只是卷走了你父亲一部分财产。原谅我当初的谎言。"

好人伍贵

伍贵在村里所有人眼里都是个好人。

谁有事要帮忙,招呼一声,伍贵便爽快地帮忙,哪怕手里正干着活,也从不找借口推辞。伍贵还主动帮别人,如给村里的孤寡老人挑水,若挑一次水当然算不了啥,伍贵可是天天为孤寡老人挑水。还有一到下雨天,河水涨了,伍贵便背上学的娃儿过河。总之伍贵做的好事太多了,说都说不完。

可就是这样一个好人,却讨不到老婆。伍贵已二十五岁了,还过着一人吃饱,全家不饿的日子。

一女人说:"他是个好人,但不适合做丈夫。他的精力、时间都用在帮助别人上面,不想方设法让自己的家富起来,家里自然很穷,嫁给这样的男人得苦一辈子,还得累一辈子。因为他给别人干活,不给自己干活,家里的活全得女人干。哪个女人愿意?除非那女人同伍贵一样,脑子少一根筋。"

月兰的脑子里没少一根筋,却成了伍贵的女人。

月兰说："嫁给这样的男人，心里踏实。"

只是月兰心里很快变得不踏实了。

这天晚上，伍贵经过一块玉米地时，听见玉米地里有女人喊："救命，救命"的呼声。伍贵啥也没想，便往玉米地里跑。原来两个男人想强暴一女人。女人拼命地反抗。伍贵喊："你们的胆也太大了。"一个歹徒说："识相的就别管闲事，快滚开。"那歹徒从腰间拔出匕首，匕首反着的亮光一晃一晃的。伍贵一点也不害怕："你们把那女人放了，我就走。""碰到一个不怕死的。"那歹徒冷笑一声，朝伍贵身上扑来，伍贵一闪身躲开了匕首，那男人一头栽在地上。伍贵便同那男人争抢匕首。另一歹徒放开了女人，也掏出匕首，朝伍贵刺去。

女人逃了。

伍贵倒在血泊中。

行凶的歹徒见伍贵的血不停地淌，怕了，伍贵死了，他们也得死。歹徒拨通了"120"，然后跑了。

伍贵在医院里躺了一个多月，才出院了。伍贵在医院里花了一万多块钱，这钱都是月兰找娘家人借的。伍贵住院的一个多月中，被救的女人一直未露面。这让月兰寒心，伍贵说："她不是不想看我，是不敢。她来看我了，所有的人都会知道她的事，传来传去会变样，那她今后怎么做人？"

月兰说："她至少得出来做证。"月兰听说伍贵的行为若鉴定为见义勇为的行为，医药费会被免掉，便提出申请。但因没证人，政府一直没批。

伍贵还得在家静养三个月，啥活都不能干，都是月兰做，田地活，家里活，月兰累得喘口气的时间都没有。

月兰对伍贵说："你今后别干这种傻事。你瞧，挨了两刀，身体吃了亏，花了钱不说，还没人说好，村里人还都说你傻。我也跟着你受苦。你要答应我，今后不要再傻了。"月兰说着哭起来，哭得极伤心，眼泪鼻涕糊了一脸。

"行，我答应你。"

伍贵嘴上答应了，却做不到。一个小偷来偷邻居家的小猪，伍贵拿了根扁担,给了小偷一扁担,小偷倒在地上爬不起来。小偷进了医院,花了两千多块钱。派出所的人说,这钱要伍贵出。伍贵和月兰怎么也想不通。月兰要邻居出这笔钱,邻居说:"我又没打小偷,我也没请你男人帮我看猪崽,怎么要我出?"

一肚子气的月兰同伍贵闹离婚。伍贵开初不愿意,月兰铁了心离,伍贵也没办法,只得同意了。五岁的儿子也归了月兰。

伍贵又过起单身的日子,他知道他以后得打一辈子单身了。

只是仅仅过了半个月,有一个叫桃花的女人托媒人上门提亲。桃花不但长得好看,人也聪明,而且还是个黄花闺女。村人都说伍贵有艳福。伍贵却不同意这门亲事,伍贵说他不能害了她。

桃花有种非伍贵不嫁的架势,她亲自上门向伍贵推销自己。

这让村人纳闷,想娶桃花的男人不知道有多少个,桃花都看不中,偏要嫁给伍贵。一个脑瓜子特好使的人说:"桃花不是两个歹徒想强奸的那个女人吧?她想嫁给伍贵是为了报恩。要不她一辈子都不心安。"村人听了都觉得有理。

这天,伍贵吃过中饭,便出了门,他要去月兰家看儿子。还没进村,便听见池塘边有小孩喊:"救命啊,救命啊。"伍贵看见池塘有个人,一沉一浮的。伍贵啥也没想,便跳进池塘了。

伍贵一万个没想到的是他救起的竟是自己的儿子。

闻讯赶来的月兰抱着孩子哭了。月兰一个劲向伍贵道谢,伍贵说:"谢啥,我救的是自己的儿子。"

月兰说:"我错了。你幸好没听我的,要不我们的儿子……你是对的。"

"你过得好不?"伍贵关心地问。

月兰摇摇头:"一点也不好。我,我想我愿同你一起过,你愿意不?"

伍贵没接月兰的话,他不知说啥好。伍贵昨天刚对桃花说他愿意娶她。

月兰见伍贵不出声,一脸失望,聪明的月兰忙拨开话题:"走,回家喝口水。"

鸽子

男人手里提着一只鸽子，鸽子是死的。女人想抢鸽子，男人不让，还推了女人一下，女人一个趔趄，差一点摔倒。男人要走，女人跑上前拉住男人的手，不让男人走。一个要走，一个不让，就这样僵持着。

那天是个阴天，天空如一块懒女人用的抹布，脏兮兮、黑乎乎的。我、猴子、疤子三个人坐在公园里的一条长凳上，一直看着他们。与我们同龄的人还在上学，我们都不想念书。即使想念书，也没哪个学校要我们。我们的成绩太差，还调皮捣蛋，比如在女同学抽屉里放只癞蛤蟆，在男同学凳子上放枚图钉，或者对一些看不顺眼，主要是那些成绩好，不愿意理我们的同学拳打脚踢。但我们都找不到工作，轻松活找不到，累人的粗活不愿干。一天到晚无所事事，都觉得日子过得没意思。没意思主要表现在我们没钱，抽烟，要钱，喝酒，要钱，交女朋友，更要钱。总之，口袋里没钱，寸步难行。

猴子向我们提议，搞钱花。

我们三人便来到公园商量怎样搞钱。疤子说，抢。疤子一向干脆利落。猴子说，抢劫如抓住了，那判得很重。钱没抢到，在牢房里关几年太划不来。不如偷东西，偷东西抓住了，判得很轻。如果偷的钱少，甚至可以不判刑。疤子问，你说，怎么偷？猴子说，这就是我们三个人来这公园的目的，慢慢商量。疤子问我，花面，你呢？我很矛盾，既想有钱花，又不想干违法犯罪的事。

但不偷不抢,我们没钱花,没钱花的日子度日如年,太难熬。偷和抢,我同猴子想的一样,便说,那偷吧。

但怎样偷,是爬窗入室还是撬门入室偷?是在公交车上偷还是在商场里偷?一具体到细节,我们便觉得偷东西也不是件容易的事。我们不会撬锁,也没学过扒人钱包。据说扒人钱包得练,得反反复复地练,练到手指能从滚烫的油锅里把肥皂夹出来,那就能偷人家钱包了。

疤子说,这事得考虑周到,欲速则不达。

此时,那男人又要走,女人死死拉住男人的手。男人抬起手,想扇女人的耳光,却停在空中,没落到女人脸上。

猴子说,那男人,那女人,还有那只死鸽子,这中间到底发生了什么故事?大家都想象一下。

我们来这里是为了商量怎样搞到钱,不是想这些无聊的事。疤子有点生气了,既然你们犹豫来犹豫去的,那坐在这干吗?疤子说着站起来要走。猴子拉住了,这样吧,我们三人谁编的故事合理,我们就听谁的,行吧?疤子同意了,我也同意了。

片刻,疤子说,这事很简单。女人从菜市场买了只鸽子,一回家鸽子就死了。男人要到菜市场去换,女人怕丢面子,不同意。

猴子笑了,你编的一点也不合理。我认为那鸽子是他们养的,鸽子死后,那男人要给他父母送过去,女人不同意,要给自己的父母吃。花面,你说说。

我嘿嘿一笑,说,那鸽子……象征着他们之间的爱情。男人女人因那只鸽子认识,因那只鸽子相爱。只是后来男人有了新欢。新欢不想永远做男人的情人,她想同那男人光明正大地在一起。男人嘴上答应了,但不付诸行动。新欢为考验男人对她的爱情,说头晕病犯了,想吃男人家的白鸽子。男人开初想去市场买鸽子,转了一圈,却没发现卖鸽子的。男人只有杀了鸽子。男人正要褪毛时,女人来了。女人见鸽子死了,很伤心,女人从男人手上抢过鸽子,在公园里挖了个坑,把鸽子埋了。男人随后把鸽子挖出来,要送给情人吃。女人来了,女人知道男人同新欢的事,女人不想男人去新欢那。你们不信,可去看看,那鸽子身上还沾着土呢。

猴子向那男人走去,然后回来了,兴奋地对我说,花面,你真神了,那鸽子真的沾了一身的土。服了,我服了你,你讲得最合理。

疤子也同意我编的最合理。

猴子还说,花面,你可以写小说,你有这方面的天赋。你写小说一定会成功的。对了,按讲好的,我们今后都听你的,你说我们现在干吗?

揍那男人一顿,看他以后还花不花心。

我们三人上前,对那男人拳打脚踢的。男人被我们打倒在地上,女人伏在男人身上,护着男人。女人说,你们为什么打我男人?

谁叫他在外面有野女人? 他这样无情无意的男人,你护他干吗? 瞧象征你们爱情的鸽子,他竟然下狠心杀了,还要送给那女人吃。猴子又狠狠踹了男人一脚,看你今后还敢找那女人不? 今后我们知道你还同那女人来往,看我们怎么收拾你! 到时割了你的脚筋,卸了你一条腿。

女人说,你们怎么知道?

男人说,不敢了,我再也不敢了。

晚上一回家,我便写了篇《鸽子》的小说。我见一杂志上举办全国小说征文,便在信封上写下那杂志的地址,贴了邮票,扔进了信箱。

三个月后,我竟收到一封去杂志社领奖的信。我那篇小说获得了二等奖。

后来,我总待在家写小说,同疤子、猴子再没来往了。

后来我靠发表了千余篇小说,调进省城一家杂志社工作。

我进省城的那一天,疤子正好"上路"。疤子入室抢劫,还杀死了两个人。猴子要我送送疤子,我嘴上拒绝了,心里却很想见见疤子。但我还是忍着没去见疤子。我怕控制不住自己,便提前上了省城的长途班车。我对送我上车的猴子说,好兄弟,别再做小偷了,找份正经事做。我到了省城,会留心,看看有没有合适你做的事。

疯姐

姐比我大十二岁。

我是姐一手带大的。

姐的疯病不是很重，没患时同好人一样。姐的病大都在变天的时候发作。姐的病即使发作了，也只是自言自语的，不像别的患病的人追小孩打。

小时候，姐寸步不离地守着我，那时没人敢欺负我。谁敢欺负我，姐就跟谁急。一回，一个大我两岁的男孩打了我，我哭了，姐把那男孩压在身下，让我打他。男孩的母亲来我家告状，母亲就骂姐。姐说："是他先打弟弟。谁打我弟弟，我就打谁。"

我七岁那年上了小学，姐总送我上学，然后接我回家。

碰上下雨天，满是污泥的小路极滑，姐怕我摔跤，背我。我家离学校四里路，姐累得气喘吁吁的，我让姐放我下来。姐不。姐说："你若摔跤了，妈又会骂我。"前些天下雨，姐背我时，脚下一滑，摔在地上了。我和姐都一身的泥巴。姐忙把我抱起来："摔痛没？"姐的样子很急。我摇摇头："一点也不痛。"姐这才放心了。

但放学时，我就感冒了，发烧，流鼻涕，打喷嚏。妈就骂姐，说姐这么大的人还照顾不好我。姐不出声，任妈骂。我说："妈，不怪姐，路太滑。"

小时候的我总为有一个这么疼爱我的姐感到自豪。但懂事后，我为有

摸秋

这么一个疯姐感到羞耻,感到自卑。

那是六月的一天。快放学时,刚才好端端的太阳忽然不见了踪影,阴云却是越聚越厚。片刻就电闪雷鸣,下起倾盆大雨。放学了,同学们都站在走廊里,等家里人送伞来。

没多久,姐送伞来了。姐浑身湿透了,冷得不停地哆嗦。那时我在教室里写作业。姐站在走廊里,也不叫我。目光呆滞的姐嘴里叽里咕噜地说些谁也听不懂的话。走廊里所有的人的目光都落在姐的身上。

全班的人都知道我有一个疯姐了。

此时有人喊:"林子,你姐给你送伞来了。"我见了姐的疯样,真恨不得地底下有条缝,好钻进去,永远在同学们面前消失。极度羞愧的我理也不理姐,也没从她手里拿伞,而是光着头冲进雨中。

姐在我身后喊:"林子,打伞。"姐跑着追我。姐摔了一跤,马上爬起来,又追。我跑得更快了。

跑到家,我浑身湿透了。姐也一身泥水。

妈又骂姐:"你是怎么送伞的? ……"我说:"不关她的事。我今后再不要她送伞了。送了伞我也不打。省得同学们都笑我。"

但一下雨,姐仍给我送伞。

我对妈说:"姐若给我送伞,那我就不上学了。"妈说:"她硬要给你送伞,拦也拦不住。"

我不再理姐。姐同我说话,我也装作没听见。姐说:"我做错了什么?你怎么不理姐?你不理姐,姐心里好难过。小时候你多亲姐,半个上午没见到姐,就哭着找姐。什么话也喜欢跟姐说。"姐的泪水一滴又一滴地掉下来了,"要是你不长大那多好! "我的牙一咬,狠狠心说:"我没有你这个丢人现眼的疯姐。你让我在同学们面前抬不起头。"姐的身子激烈地抖了一下,姐的手不住地抖。我忙出了门。

此后,我再没同姐说过一句话,姐也没找我说过一句话。

只是我上学时,走了很远,总能看见姐站在村口目送我。我到学校了,她才走。放学时,姐也总站在村口迎我。她看见了我,便加快了步子。我知道她是担心我的安全。小时候,我极贪玩,也极喜欢玩水。而我上学的路上有两口池塘。姐以前也总不让我玩水。

但是那天上学的路上,我见池塘里有许多蝌蚪,忍不住蹲下来捉蝌蚪。捉了一只蝌蚪,我就放进矿泉水瓶。当我想捉第二只时,听到姐喊:"林子,不能玩水。"我不听,仍捉蝌蚪。蝌蚪游得很快,我的身子不停往前挪,终失去重心,一头栽进池塘里。我手脚乱扑腾:"姐,救我。"但我的嘴里灌进了几口水。后来的事我不知道了。

当我醒来时,在场所有的人都一脸的泪水。

原来姐为救我死了。

"姐,姐……"我扑到姐的身上,有好多话要同姐说,但一句话也说不出来,只是一个劲地哭着。

妈说:"林子,姐是为你疯的。"

姐十一岁那年,爸妈为生个儿子,便让姐装疯。因为按政策,夫妻生的子女如有残疾,就可再生一个。爸妈便让姐装疯。爸妈不准姐洗脸,不准姐梳头,不准姐同任何人说一句话。姐一说话,妈就打姐,姐憋得难受,只有自己跟自己说话。

我生下来后,姐真的疯了。爸妈才后悔。原本爸妈想,只要把我生下来了,就不需要再让姐装疯了,那样村里就罚不到我们家的钱。

妈一脸的泪水:"你姐最喜欢的人就是你,她心甘情愿地为你疯,心甘情愿为你死……"

"姐,姐,我最好最好的姐……"

老师,别嫁给他

我们第一眼见何苏时,不但不讨厌,而且很喜欢。何苏同我们村里的男人不一样,他比村里的男人高大英俊,衣服要整洁干净。头发也不像村里的男人稻草堆一样乱。何苏的牙齿极白,而我们村的男人没有一个人的牙齿不是焦黄焦黄的。何苏身上还发出一股很好闻的香味。

但当我们得知何苏是王红英的男朋友时,突然极其讨厌他。王红英是我们的老师。她很爱我们,从舍不得打我们。有一回最顽皮的光头把一条无毒的蛇放在讲课桌的抽屉里,王老师打开抽屉拿粉笔时,看到一条蛇,骇得惊叫,脸色变得惨白。当老师得知蛇是光头放的时,拿了竹条要打光头,但竹条只落在光头的课桌上。

王老师极喜欢我们,把我们当弟弟妹妹一样看。她一发工资,便买来一捆笔和一叠本子,放在讲课桌上,谁要用就拿。我们任何人病了,没来学校,她都买瓶罐头和几个水果去看望,苹果、橘子或者梨。更让我感动的是,我的脚生了一个鸡蛋样大的疖子,是王老师隔两天就带我去镇里上药,用的也是她的钱。那医生对我说:"你姐对你真好。"

王老师一直当我们的班主任。我们上三年级时,校长想让王老师当别的班的班主任,我们一个个哭了,还都不上课。校长也感动了,答应王老师一直当我们的班主任。

我们早听说王老师在城里有个男朋友,男朋友想让她在城里当老师,说一结婚王老师就跟他进城。

何苏要把王老师从我们身边夺走,我们自然极讨厌何苏。如果何苏成不了王老师的男朋友,那王老师一直就是我们的老师。但怎样让何苏不能成为王老师的男朋友呢?

碰巧,王老师的母亲挑水时摔了一跤,骨折了,上了医院。王老师去医院照顾母亲。王老师让何苏给她代半个月课。说实话,何苏的课讲得很好。但我们故意大声说话,何苏先是大声喊安静,我们不理,声音反而更大了。

光头还抢前排同学的一本书看。何苏要光头别抢,光头不听,仍抢。极其愤怒的何苏给了光头一巴掌。光头鼻孔里的血一下涌了出来。何苏拿纸给光头拭,光头躲避着,血把光头的衣领子都染红了。其实何苏并没有用劲打光头。光头的鼻子很容易出血,他的鼻子轻轻碰在某个地方都会出血,有时他轻轻抠一下鼻子,血就流出来了。光头哭着说:"我不要你来上课,你没王老师好,以前我再怎么顽皮,王老师也从不打我。"

我们也跟着喊:"我们不要你上课,我们要王老师上课。"

"滚吧,滚回城里。"

"你这样恶的人不配做我们王老师的男朋友,王老师多善良。"

…………

教室里乱成一锅粥。课自然上不下去了。校长来了,教室里这才安静下来。

放学时,我们都没回家。我们全班四十二个人都去了镇医院。路上,光头拿手指抠自己的鼻子,血又涌了出来。那天光头刚好穿了件白衬衣,他用衬衣拭自己的血。这样光头成了个血人。

光头第一个进了病房。

王老师见了一身是血的光头,骇住了,她抚着光头的脸,声音都变了调:"王欣荣(光头的大名),你这是咋了?"王老师又看到挤在门外的我们,不知发生了啥事:"你们咋都上这儿来了?"

光头说："是何苏把我们打成了这样的。"

"何苏？何苏竟然把你打成这样？"王老师不相信，拿着眼看我们。

我们异口同声地说："是何苏把光头打成这样的。"

王老师气得脸都青了，嘴唇哆嗦着，想说啥，却一句话也说不出了。

我们又说："王老师，别嫁给他。"

有一女同学说："王老师，你今后嫁给他了，他也准这样打你。"

后来，王老师真的同何苏断了。

后来，王老师嫁给了一个叫严清生的人。婚后，王老师同严清生老是吵架，严清生还动不动打王老师。

后来，王老师离了婚。

听说何苏对他的妻子极好，他不但不打妻子，骂都很少骂。只是后来何苏妻子遇车祸去世了。

光头给我打电话："以前是我太不懂事，把王老师和何苏拆散了，我现在想让他们重归于好。"

喊魂

我出世没几个月，父亲就病逝了，一家的生活担子就落在母亲那瘦弱的肩膀上。那时吃饭都吃不饱。家里只母亲一个劳力，妇女挣的工分又少，因而母亲辛辛苦苦做一年，年底不但拿不到一分钱，还得欠队上许多钱。因而队里就扣粮。

我们家年年是超支户。

母亲想多挣点工分。因而母亲每天天不亮就空着肚子去县城挑担粪回来，挑担粪，队里就记八分，等于母亲一天的工分。挣这八分确实不容易。我们村离县城有二十里路，天没亮就得动身。若天亮了，那就舀不到粪。说透了，母亲是偷公家的粪。如白天上城挑粪，那一担粪得交一毛钱。母亲一天的工分也只值两毛钱。那时村里许多人偷粪，不过都是男人去。

那时没有表。母亲总是待隔壁邻居的公鸡叫第二遍时就起床。有时鸡叫头遍时，母亲以为叫第二遍。因而挑担粪回来，天还黑着。

小时，我胆子很小。母亲一出门，我就怕。有时有什么响声，如老鼠叫，或者外面什么怪鸟叫，还有什么虫叫，我就吓得全身出汗，浑身抖个不停。黑暗中仿佛有什么影子在我眼前晃，平时听老人讲的故事中的鬼，还有村里以往的死人全都出现在眼前。我便用被子紧紧蒙住头，弄得被子都被汗浸湿了。

有几次我吓得哭起来。

母亲起床总轻手轻脚的，但我总会按时醒。白天，母亲在田地里干活，我没人玩，就躺在地上或者石板上睡。收工时，母亲才牵着我回家。白天睡多了，晚上困觉就少。

有几回，母亲起床时，我哭着喊："娘，你别走。我一个人好怕，有好多鬼打我。"母亲紧紧搂住我，我的头紧贴在母亲的胸窝里，感到好安全。可一会儿，母亲又松开我，把我放进被窝，说："我的好心肝，不要怕。鬼不会害我们这样苦命人的……"母亲说着背过脸，拿袖子拭起眼睛来。母亲又挑着粪桶出门了。我又陷入极度的恐惧之中。

后来住在隔壁的一个老人死了，我见到了他死的样子。因而母亲走后，我一个人更怕。那老人死的样子就浮现在眼前，他就像站在眼前。我把头埋在被子里，感到被子上有响声，我吓得大哭。第二天就高烧，水米不沾。母亲请瞎子给我算命，瞎子说我被水鬼缠上了，要想我的病好，得用稻草扎

个人,穿上我小时穿的衣服,放在鄱阳湖旁烧,母得拿冥纸冥香给我叫魂来,把我的魂喊回来。

"林子呀,听我的声音跟我过沟过桥到屋里来哟。"

"来得哟——"

母亲自唤自答,那声音拉得好长,在鄱阳湖上打着旋。母亲喊着,泪就掉下来了,哽咽得叫不下去了。母亲回到屋,就拿了扫帚在屋里每个旮旯里打,据说鬼是怕扫帚的。母亲还骂:"你跟我死出去,你如害我们这样的苦命人,我就挖了你的坟,撒上油菜籽,让你永远不得转世。"据说在坟上撒上油菜籽,鬼得算把坟上的油菜籽一粒粒地算清楚,若算不清楚或者算错了,那鬼永远转不了世。据说鬼大多不会算数,因而只有在坟上撒了油菜籽,鬼就永远是鬼,转不了世。

我的病好后,邻家公鸡一叫,母亲又去挑粪了。我极恨那只公鸡。是那只公鸡让母亲三更半夜离开我。如那只公鸡不叫,那母亲就会一直会睡到天亮。我撒了点谷把那只公鸡引进屋,然后关了门,抓住那只鸡,紧紧掐住鸡的脖颈。鸡死了,我把它丢进一只粪坑,让邻居以为鸡是淹死的,果然,邻居真的这么认为。

晚上睡觉时,我好高兴,我想今天我可搂着母亲睡到天亮了。

母亲真的一直睡到天亮。白天,母亲一直责备自己睡得太死,而白白丢了八分工分。

第二天晚上,母亲睡得一点也不落实,醒了几次。我对母亲说:"天还早,睡。"后来母亲醒来时,打开门,看看外面的天色,更黑了,就忙穿衣服,我拉住母亲说:"娘,天还黑,还睡会儿吧。"母亲挣脱了我的手臂,说:"天立马就亮了。"大了后,我才知道天亮前天色更黑。

母亲挑着粪桶拉开门走了。

母亲这一走,就永远没回来了。

母亲急急地走到半路,东方就出现鱼肚白。天快亮了,母亲很急。天亮了,如偷粪抓着要罚十元钱。空手回来,母亲不死心。此时,一辆汽车开过来,因正上坡，开得很慢。母亲把粪桶丢进车厢，便抓住车厢后挡板爬。可此时，车已爬完坡。母亲一只脚已爬进车厢，车子突然一个急刹，原来路中间睡着一个要饭的疯子。母亲往后一倒，手松了，头朝下栽倒在地上。母亲就这样永远地走了。

那天阳光很毒，我赤脚走在马路上，火一样烫。母亲仰躺在路旁的草地上，很多人围着看。

在我眼里，母亲没有死。

我回到家，在母亲为我喊魂的鄱阳湖畔，烧了冥纸冥香，我喊："娘，你听我的声音跟我过沟过桥到屋里来哟。"

我带着哭腔的喊声与冷风缠绕在一起，在鄱阳湖上久久回荡。

红乌鸦

传说红乌鸦是死神的化身，谁见到了红乌鸦，谁就会死。

但鄱湖嘴村的人都不信，都认定这只是一个传说。

可是当村里有两个人说自己见到红乌鸦，几天后都去世后，村人才信了。

这天，一身酒气的德福从镇里最豪华的鄱湖嘴酒店出来了，骑上了摩托车。半路上下腹胀得难受，便下了车，来到一玉米地里轻松。德福掏出家伙，地上便滋啦啦地响。

摸秋

　　德福正放得畅快时，竟见到了一只红乌鸦从玉米地里钻出来。红乌鸦见了德福，不走了，仰起头，对着德福呱呱地叫。德福骇住了，出了一身冷汗，尿也拉不出来了。德福便驱赶红乌鸦："哗，哗，看我干啥？死走，有几远死几远。"

　　红乌鸦不走，仍看着德福。

　　德福忙骑上摩托车，车开得飞快。

　　德福到了院门口，下了摩托车，刚好贵子从他家院子里走出来。

　　贵子见了德福，一脸惊慌，话也说不出来了，就那样傻站着。德福说："你找我呀？"

　　"对，对，找你……"贵子的头点得鸡啄米样快，"也没啥事，就是想问问承建村委会的事情定了没？"贵子是个包工头，他想承建村办公大楼。贵子知道这事非要德福这个村支书点头。因而贵子没少找过德福，拜佛当然得烧香，贵子先后已送给德福三万块钱了。德福嘴上也早答应了贵子，但就是不同意贵子签合同。

　　此时的德福自然没心情同贵子谈这事："这事以后再说。"德福推着摩托车进了院子。

　　德福这冷淡的样子弄得贵子心里极不是味。贵子心里骂，你这条喂不饱的狼。

　　德福一进屋，衣衫不整、头发蓬乱的女人拿着被单出房门。德福说："被单不是前两天洗了？咋又要洗？"女人一脸慌乱。德福抢被单，女人把被单抓得紧紧的。德福一脚把女人踹到地上："你再不松手，我踹死你。"被单被德福抢到手了，德福见到了被单上的一大块污迹，心里啥都明白了。德福又对女人拳打脚踢的："你这个贱货，竟敢背着我偷男人……"但德福的声音压得低低的，他不想左邻右舍知道这丑事。女人不出声，任德福打。

　　第二天，德福就同春生签了合同。春生也想承建村办公大楼，也找过德福许多次。

　　贵子知道后，极其愤怒。贵子不想自己的三万块钱扔进水里，他想讨回他的三万块钱。德福却不承认："谁得了你三万块钱？拿证据出来呀！我还说我送了你十万块钱呢！"贵子自然拿不出证据。但贵子咽不下这口气。贵子在想怎么出这口气时，一只红乌鸦飞来了。红乌鸦歇在一树枝上，对着贵子呱呱地叫。红乌鸦不走，贵子只得走。但红乌鸦跟着飞来，在贵子头顶上盘旋，鸣叫。

一村人对贵子说："那黑乌鸦咋一直在你头顶上飞？"

"那不是红乌鸦？"

"咋是红乌鸦？是黑乌鸦。"

贵子又抬头看，看见的仍是一只红乌鸦，乌鸦的毛红得火一样，很耀眼。贵子进了屋，红乌鸦才飞走了。贵子极度恐惧，难道自己真的要死了吗？贵子后来想通了，死就死，反正人都要死，有的人早死，有的人晚死。我死也要找个垫背的。贵子便想到德福。

贵子拿把水果刀放进口袋，便进了德福家的门。德福的女人不在。

德福忙给贵子泡茶，并双手把泡好的茶端给贵子。贵子喝了两口，说："送你的三万块钱还不还我？"贵子想如德福答应还他钱，他就不拔刀子。德福说："你咋还诬陷我？……"德福的话没说完，贵子便掏出水果刀，对着德福的胸狠狠地刺去。

"你也会死的，你喝了……"

贵子的肚子刀绞样地痛起来，贵子想死在家里，不想做野鬼，忙往家跑，但跑了十几步路，便倒在地上了。

村人更相信谁见了红乌鸦谁便会死的传说。

好在此后，村人再没人见到红乌鸦了。

天籁

草儿命苦。

娘一生下草儿，就得产褥热死了。草儿五岁那年，爹在鄱阳湖里打鱼，湖面上忽然刮起了狂风，船便被狂风巨浪掀翻了，草儿的爹也掉进湖里了。

草儿便成了孤儿。

草儿有个叔叔。开初婶婶不想收留草儿，后来村长出面，答应村里每月给草儿一百元钱生活费，草儿又给叔叔下跪了，还哭着说："叔叔，你就收下我吧，我会扫地、洗碗、拾柴、拔猪草……"草儿的叔叔便叹气，扶起草儿说："那让你受苦了。"

叔叔对草儿还好，婶婶对草儿却从没给过一个好脸色，对草儿不是打就是骂，而且饭都不让草儿吃饱。

草儿七岁了，婶婶没让她上学，要草儿整天在山上放牛。

草儿很喜欢一个人独处，她怕见到整天冷着脸的婶婶，草儿很快喜欢上放牛的活，也喜欢山上的树、草、花，更喜欢草丛里欢蹦乱跳的兔子，树丛里叽叽喳喳的鸟儿，还有头顶上悠悠飘过的白云。草儿也喜欢躺在软绵绵的草地上，看着蝴蝶在火一样红的杜鹃花上翩翩起舞，听小鸟欢欢悦悦地叫，嗅着鲜花散发浓馨的香味，心里便暖暖的，欢快在心里装不下了，便化作歌声从嘴里溢出来了：

太阳出来喜洋洋。

我牵着牛儿来到山坡上，

牛儿吃草，我唱歌……

歌声同和煦的阳光融合在一起，在山上的沟沟壑壑上跳跃不停。草儿的歌声落在花上，花儿开得更艳了；草儿的歌声撒在溪水里，溪水流得更欢了。蝴蝶听到草儿的歌声，舞得更美了；鸣叫的蝉儿听到草儿的歌声，便羞愧地停了聒噪。

当然，草儿也有伤心的时候，草儿放牛时，见同她年龄一样大的人都背着书包上学了，草儿的眼睛就发酸，鼻子也涩涩的，草儿硬是忍着，泪水才没掉下来，忧伤的歌声却洒落在山上的角角落落：

摇摇摇，摇过桥，

肚里饿，吃糠糠……

小鸟和着草儿的歌声凄凄哀哀地叫，开得正艳的花儿在草儿的歌声中迅速枯萎了，蝴蝶也停了飞舞，阴沉着脸一声不响地歇在草丛里，多愁善感的蝉儿竟呜呜地哭起来。

草儿的泪水再也忍不住扑簌簌地掉下来了，歌声也哽在喉下吐不出来了。

草儿不知道，树丛里有个人，她听草儿的歌声已听了许久，她从来没听过这天籁般美妙的歌声。她是电视台的，她来山村里是为她导演的一部《天籁》电视剧寻找女主角，她为寻找女主角踏遍了乡村的山山水水，鞋也踏破了几双。现如今见到草儿，听到草儿哀怨的歌声，眼里涌动着晶亮的泪水，她已好久没有这么感动过了。

她把草儿揽在怀里，掏出手帕替草儿拭去泪水。她温柔地问草儿："你爸妈怎么不让你上学？"草儿说："我爸妈死了，婶婶不让我上学。""那你想不想上学？"草儿点点头："我做梦都想上学。"

她带着草儿去见她叔叔婶婶。她说："我想带草儿去城里。"草儿的叔叔满口答应了："我在这儿替她谢谢您了。"可草儿的婶婶不同意："我不能白白供养她三年。"她问："那你想要多少钱？"草儿叔叔朝草儿婶婶瞪眼睛，可草儿的婶婶毫不理会："1000块钱不多吧。"她说："我给你2000块钱，行吧。"

草儿跟着她去了省城。

草儿天生是个演戏的料，她很快进入角色，而且一点也不怯场。一年后，《天籁》封镜了，省电视台一播放，观众就轰动了，观众一下喜欢上草儿，《天籁》成为电视台历来收视率最高的一部电视剧。接着，中央一台也在黄金时间播放了。然后，草儿的照片出现在全国的各个大小报刊上。

草儿的婶婶见拍电视的草儿能挣大钱，便要收回对草儿的监护权。草儿心里一万个不愿回乡下，但还是被婶婶强行带回家。

有个电影制片厂想请草儿拍电影，草儿的婶婶提出了天价的拍演费。电影厂勉强答应了。可是草儿怎么也进不了角色，嗓子也变得沙哑粗糙了，唱的歌同蛤蟆叫一样难听。电影制片厂只有重新换人了。

草儿的婶婶以为草儿故意这样，便带着草儿去医院看医生，医生说草儿的嗓子治不好，并说草儿这病会越来越恶化，最终会变成哑巴。

草儿又只有在山上放牛。

这时，省电视台的她又来了。草儿见她，哭着扑向她的怀抱。她问草儿："我想收养你，你愿意吗？"草儿点点头，可片刻草儿又抬起满是泪水的脸。"阿姨，我的嗓子快哑了，再不能唱歌演戏了，你收养我，只会给你添负担。"她把草儿抱得更紧了。

她给草儿的婶婶扔下一笔钱。然后带着草儿到民政局办了收养手续。再带着草儿去北京最好的医院看病。草儿说："阿姨，我的病治不好的，别为我浪费钱了。"她说："不，你的病一定能治好的，只要能治好你的病，阿姨花再多的钱也愿意。"草儿说："阿姨，我能叫你妈妈吗？"她微笑着点点头，她眼里又涌动着泪水。"妈……妈！"草儿的声音哽咽得厉害。

一个星期后，草儿的婶婶在看中央电视台的联欢晚会。忽然她看到了草儿，草儿在唱《世界只有妈妈好》：

摸秋

世上只有妈妈好，

有妈的孩子像块宝，

投进妈妈的怀抱……

草儿的婶婶呆了，草儿的嗓子怎么这么快就好了？难道草儿的嗓子根本没病？可那医生为什么说草儿的嗓子治不好呢？草儿婶婶的脑子都想痛了，也想不出一个头绪来。

画眉的悲剧

这天，老林捕到了两只画眉，一只画眉叫美美，另一只画眉叫丽丽。

小林把美美和丽丽关进了鸟笼。美美和丽丽再不能在空中自由自在地飞翔了，都极难过。丽丽哭个不停。

美美说："丽丽，哭改变不了我们被囚禁的困境。我们还是振作起来，快快乐乐地过。要不，我们唱歌吧。或许我们的歌唱得动听，他一高兴，就把我们放了。"

"我不会唱歌。"丽丽摇摇头。

"唱歌很容易，我教你唱。"

"我唱不出来，也不想唱。"

美美便叹气："到时你会后悔的。"美美便放开歌喉，太阳在美美的歌声中冉冉升起。

丽丽却一声不吭流眼泪。

只是美美一万个没想到老林把丽丽放了。老林说："我才不想白养你，你走吧。"丽丽开初还以为是在做梦呢，啄了一下自己的脚，痛，才知道不是做梦，便迅速飞出鸟笼。丽丽扑扇着翅膀在美美头顶上飞来飞去，并发出欢快的笑声。

美美极生气，它对老林说："这不公平，我天天为你唱歌，嗓子都唱哑了，可丽丽一天到晚一声不吭，你却放了它。"

老林自然听不懂美美的话。

美美再也不唱歌了，一天到晚一声不吭的。美美想，我不唱歌了，你也一定会放我。

老林似看穿了美美的心思："我知道你会唱歌的。你不唱行，我不给你喂食，不给你喂水，你饿得难受了，渴得受不了了，准会唱歌。"

只一天，美美感到又渴又饿，受不了，只有放开喉咙唱歌了。

老林便端来鸟食和水。

后来美美也习惯了笼子里的生活，尽管失去了自由，但不像以前为觅食而受日晒雨淋之苦，有时觅不到食物还饿肚子。刮风下雨时，还冷得睡不着。主要还是每天过的都是担惊受怕的日子，白天要防鹰，晚上要防蛇。一不留神，就成鹰和蛇的食物。而在笼子里极舒坦，风吹不到雨淋不到日晒不到，还不用为吃发愁，更不用担心生命有危险。美美每天做的事便是唱歌，而美美最喜欢唱歌。

一个月后，丽丽又被老林的网捕到了。这回丽丽一点也不伤心，它还是不会唱歌。捕鸟人到时仍会放了它。

丽丽这回想错了。

这天，老林家里来了个男人。男人对老林说："叔，我老婆头晕病又犯了。去年我老婆吃了一只你给她的画眉，已一年没犯头晕病。你再给我一只画眉吧。"

老林抓起丽丽递给男人。

男人说："这只太瘦了。"男人指着笼子里的美美："那只很肥，我想要那只。"

老林一口回绝了，"不行，这只画眉，我可舍不得。你不知道它唱的歌有多好听。"老林对美美说："你唱歌吧。"

美美一张嘴，悦耳的歌声便从嘴里蹦出来。男人听傻了："没想到这只画眉能唱出这么好听的歌，我似看到了白云在天上飘，鱼儿在水里游，听到了泉水流过小溪的叮咚叮咚声，风吹过树叶的哗啦哗啦声，闻到了桂花的香味，还有女人身上的胭脂香水味，触到了少女柔软的唇……太动听了，我没法用语言形容。"

老林笑了："到底不愧是作家，说的话文绉绉的。怎么样，我这只画眉你舍不得吃吧。"

"如是我的画眉，我也不会给别人。"

"要不你在我这剖好炖好。"

男人拿了把刀。丽丽伤心地哭了："要是我也会同美美一样唱动听的歌就好，那他们就舍不得吃我了。"丽丽后悔当初没好好跟美美学唱歌了。

美美唱得更卖劲了，歌声更美妙动听了。

没过多久，一个比老林年轻几十岁的女人进了老林的家。老林啥都听女人的。女人却讨厌美美，嫌吵。其实嫌吵是个借口，主要的是老林太喜欢美美了，对美美照顾得无微不至。一回老林同美美在公园里散步，老林突然要回家，说忘了给美美喂水。女人觉得老林喜欢美美超过喜欢她。女人自然讨厌美美了。

女人想让美美永远在他们的生活中消失。这天，女人把老林支走了，便把邻居家的猫抱来了，然后打开鸟笼，把猫放进去了。美美没想到它会这样死在猫的嘴里。造成这样的结果是它太会唱歌了。如果它不会唱歌，老林也不会这样喜欢他，那女人也不会对它下这样的毒手。

老林回家时，见笼子里满是鸟毛和血迹，傻了："我的画眉呢？它怎么死了？"

"被邻居家的猫吃了。"

"鸟笼是关的,猫怎么吃得到?"

"我也不知道。"

第二天,老林又提了鸟网去了树林。

白荷花

见到洁时,磊的心一抖,掠到嗓子眼了,似要从嘴里跳出来,呼吸也急了。磊心里说,好一朵出污泥而不染的荷花。磊看洁的眼里就有一种黏糊糊的柔情。

可洁仍埋头看她的书。

磊的目光就傻傻地定在洁的脸上。

后来,洁觉得脸上热乎乎的,一抬头,碰到磊那火一样烫热的目光,脸更红了。磊忙低下头看书,心却扑通扑通地乱跳。

片刻,磊那带电的目光又情不自禁地痴痴地望洁。一朵硕大的白荷花正悄悄地开放,溢出浓郁的馨香。磊醉了,鼻翼不停地翕动,深深吮吸着荷花的香气。

洁说:"干吗老盯着我?"洁的声音很柔,一点责怪的意思也没有,好在阅览室里只有他们两人。

"我看见了一朵美丽的白荷花。"

洁笑了:"骗人,哪有白荷花?荷花是粉红色的。"

"不,我真的看到了白荷花。我还闻到了荷花散发出来的清香,这是世上最好闻的香味。"

"你这人真怪。"

后来,洁走了。磊也看不见白荷花了,也嗅不到荷花醉人的香味了。

磊就四处找洁。

半年后,磊在饭馆里吃饭,忽然嗅到一股特别的香气。磊再嗅,哦,是荷花的香味,磊的心又扑通扑通地跳。磊情不自禁地喊:"洁。"磊的声音抖个不停。

一女人回头,真的是洁。磊又看见一朵开得正艳的白荷花。

磊的眼里噙着饱饱的两眶泪。片刻,泪水滚落下来了:"洁,真的是你!"

洁愣愣地看磊。

"洁,你不认识我?……我又看见荷花了,我又嗅到荷花醉人的香味了……"磊激动得语无伦次。

"你是磊!"洁这才记起来了,惊喜地喊。

"你是白荷花。"磊说。

洁甜甜地笑了。

"你真的是白荷花。要不,我一见你,怎么就看见了白荷花,怎么就嗅到了了荷花的香味。"

后来,磊同洁结婚了。

忽儿有一天,磊从洁身上嗅不到荷花的香气了,也再看不到白荷花了。磊就把鼻子靠在洁的身上嗅,他怎么也嗅不到荷花的香气,磊好失望。

一回,洁看到磊挽着一个女孩在湖畔散步。难怪,磊嗅不到自己身上的香味,原来他已讨厌自己了。

洁没闹,提出离婚。

就离了。

磊同那个女孩结婚了。

洁每个星期五来一回磊家,把儿子接到她那,星期日下午又送回来。

一回,洁出外学习,一个多月未接儿子。儿子成天吵着要妈妈,磊烦:"你这里不是有妈妈吗?"

"我要我自己的妈妈。"

磊伸手打了儿子一巴掌,儿子哭吵得更凶了。

这个星期天,磊正同儿子在楼下的草坪上打羽毛球。忽儿,儿子扔了球拍,喊:"妈妈!"就飞一样穿过草坪,张开双手去迎接洁……

此时,一辆"奔驰"小车飞驰而来。

磊绝望地闭上了眼睛。

当"奔驰"刚要碰到儿子时,洁把儿子狠劲往旁边一推,洁摔倒了,"奔驰"从洁身上压过……

磊睁开眼,看见路中间放着一朵开得正艳的白荷花,白荷花散发出浓郁的香味,几只美丽的大蝴蝶在荷花上翩翩起舞……

洗澡

出狱后的王海龙很想重新做人,但三个月过去了,仍没找到工作。人家一听他是监狱出来的,便朝他冷冷地挥挥手。再找不到工作,他得饿肚子。此时,以前同王海龙很好的狱友来电话,狱友也同他一样,也找不到工作。狱友说有了目标,在南昌找到了一个很有钱的主儿,问王海龙想不想同他一

摸
秋

104

起干。王海龙答应了。

王海龙没钱买票，便搭便车。王海龙搭的便车开了几十公里坏了，怎么也发动不了。此时天已黑了，刚好前面有个村庄。司机要看车上的货，让王海龙自己去借宿。王海龙来到一幢三层楼房前，敲门。开门的是个女人。女人手里抱着一个婴儿。

"大嫂，能不能借住一宿？车子坏了。"女人没说行，也没说不行，显然很犹豫。

"是大哥不在家？那不方便。我去别处问问。真不好意思，打扰您了。"王海龙说着就走。"哎，进来吧。"女人说。

屋里很干净，东西也摆放得井井有条。

女人端来一杯茶，又去了厨房，很快端来一大碗面条，面条上铺一层肉丝，面条里面还卧着两只鸡蛋。王海龙说："大嫂太客气了。我……我真不好意思……"王海龙吃完了，女人又盛来一碗。

"大哥呢？"

"他开大货车，一年有三百天在外面。他的车有时坏了，也在别人家里过夜。你洗个澡，然后好好睡一觉。"

王海龙进了卫生间，水管里流出的是热水，王海龙觉得每个细胞都肆意地张开了。

洗完澡的王海龙上了床。床上的被子很柔软，还散发出阳光的香味。王海龙最喜欢闻阳光留在被子上的味道，香喷喷的，暖融融的。王海龙一觉睡到天亮。

王海龙吃过早餐，便要告辞。他掏出身上仅有的一百元钱递给女人。女人红了脸："你这不是看不起我吗？"王海龙忙收了钱。王海龙出了门，女人喊住了："哎——"王海龙走回来，问："大嫂，什么事？"

"是这样的，我儿子今天满月，很想请你为他洗一次澡，我们这儿有这种风俗……"

鄱阳湖一带有这种风俗，婴儿满月的那天早晨，婴儿的父母请一个聪明、诚实、善良、英俊、富有的男人给婴儿洗澡，婴儿长大后也会成为一个各方面都优秀的人，像给他洗澡的人一样，聪明、诚实、善良、英俊、富有。

"我……我不够格。您还是请有福的人……"

"你怎么不够格？你就是有福的人。你就别拒绝了，你也知道，按照我们的风俗，请了谁给婴儿洗澡，都不能拒绝。"

"可是……可是我一点也不聪明，一点也不善良，一点也不富有，我怕不能给婴儿带来好运……我说了您别怕，我以前因抢劫坐过牢……"

王海龙低下头，不敢看女人："您看得起我，我很感激。谁不想给满月的婴儿洗澡？可我……"

"我知道你坐过牢。"女人的语气很平静。王海龙惊愕地望着女人。女人说："你晚上做噩梦，哭着喊'我不想坐牢，不想坐牢'，谁都有犯错的时候，我相信你不会重犯的。你就别再拒绝了，帮我儿子洗澡吧。"

"那我就听大嫂的。"王海龙说这话时，眼眶发酸，他硬是忍着，泪水才没掉下来。

女人端来水，王海龙用手试了一下，不烫不冷刚好。王海龙从女人手里抱过婴儿，轻轻地放在水盆里。婴儿竟没哭，而且摆动着腿脚。王海龙的手轻轻抚着婴儿肉乎乎的身体。女人对婴儿说："瞧叔叔多好，洗得宝宝好舒服。宝宝长大后，一定要像叔叔这样诚实，这样不怕吃苦……"

"大嫂心眼这么好，我一定不会让您失望。我要对得起您对我的信任，大嫂选我为您儿子洗澡，没选错。"女人笑了。

王海龙给婴儿洗完澡，女人递过来一个厚厚的红包。王海龙不接。女人说："这是你给我儿子洗澡的礼钱，你若不收不是坏了规矩？"

王海龙这才接了，说："大嫂，今后我儿子满月时，我一定来找您给我儿子洗澡。"

此时司机来了，司机对王海龙说："车修好了，走吧。"王海龙说："我不去省城了，我要回家。"

杀人

离家愈近,牛儿的心跳得愈急,扑通扑通的,双腿也绵软软的似要瘫倒。牛儿在一石块上坐下来。日头坠入鄱阳湖了,村里的烟洞里冒出袅袅炊烟,炊烟缕缕地散失在空中。自家的烟洞却没冒烟。荣儿哪去了?想到荣儿,心里一阵愧疚,这几年,家里的担子全压在她瘦弱的肩上了。耕田耙地、挑水担粪等男人干的力气活,都得荣儿干。荣儿真是个好人。如换了别的女人,自己犯了事,准有多远跑多远。可荣儿总写信鼓励他。若不是荣儿,他准会破罐子破摔,绝不会减刑。

暮色愈重,村里有妇人呼伢崽的吃饭声,妇人的呼声引来几声汪汪的狗吠。一群觅食而迟归的小鸟满足地吱叫着,在头顶上掠过,淹没在树林里。

回到家时,门上却挂一把大锁。

此时,一邻居见了怔立着的牛儿,惊道:"牛儿,回了。"牛儿应:"回了。"顿了顿,问,"她呢?"邻居知道牛儿说的她指的是荣儿,就说:"早改嫁了。""改嫁了?"牛儿的语气满是惊愕。"改嫁了。"邻居很平淡地应。邻居又拿来钥匙,说:"你女人放在这里的。"

锁却开不开,锁早锈死了,牛儿就拿邻居的斧头砸了锁。手重了点,门被劈下一小块。门开了,一股浓重的霉味扑鼻而来。屋顶也破了个洞,屋里竟长了草。

荣儿改嫁了为啥隐瞒我？为啥还写那些情意绵绵的信，难道那些信不是她写的？可是是谁呢？

但日子还得过。

那天晚上，牛儿躺在床上半宿都睡不着，心里烦闷得不行，出了门，在村里逛。有只狗见了牛儿，汪汪地凶吠，村里的狗全都吠了。"连我也不认识了？"狗嗅见了熟悉的气息，才不吠了。

忽儿，牛儿见一少年手里拎着蛇皮袋，蛇皮袋里有鸡咯咯地叫。牛儿知道是一个偷鸡的，奇怪的是村里的狗见了少年，却不叫。牛儿觉得少年就是以前的自己。以前的自己也总在下半夜，拎着蛇皮袋，在村里逛。鸡呀，猪呀，能偷的都偷。牛儿不想少年走自己的路，就对少年说："年轻轻的，咋不学好？走这歪门邪道。"

少年说："你管不着。"

"我管得着。"牛儿说着拉少年的蛇皮袋，少年踢了牛儿一脚，惹了牛儿的火，牛儿对着少年的脸就是一拳。"唉哟。"哀叫的不是少年，却是牛儿。再定睛看，没少年的影。自己鼻子却流了血。真是碰见了鬼。

第二天，有村人问："牛儿，你的脸咋肿成那样？"

牛儿笑笑无语。

后来牛儿在深夜里又遇见了几次少年。遇见少年的结果是牛儿脸上青紫一团。牛儿奇怪，明明自己打的是少年，却怎么打的是自己？牛儿猜不透。

待少年答应走正道后，牛儿再没看见少年了。牛儿很高兴，他终于让少年走正道了。少年的话让牛儿欣慰："你为了我走正道，每回都把自己打得鼻青脸肿。"牛儿想，受点皮肉痛算不了啥，关键的是挽救了一个人。

但后来，牛儿出事了。

那是个迷人的黄昏，红彤彤的夕阳一点点往湖里坠，火一样热情的晚霞铺满半个天空。牛儿提着菜篮去地里弄菜。菜篮满时，天色就暗了。

忽然，牛儿听见棉花地里传来一个女人的呼救声。牛儿朝棉花地里跑去，看到一光着身子的男人正对着女人施暴。

摸秋

"你这狗杂种。"

那男人听见骂声，一回头，牛儿呆了。那男人竟是十年前的自己。女人竟是莲花。十年前，自己不也正是这样侍弄莲花吗？不也是在这棉花田里吗？

牛儿心里说，这不可能，他怎么是我？只是一个长相像我的人罢了。一股怒火在心里旺旺地燃。牛儿就拿了菜刀，向那光着身子的男人砍去。一声惨叫后，复归平静。

第二天，村人才发现淌在血泊中的牛儿。

从牛儿握在手里沾血的菜刀，公安人员排除了他杀。那牛儿为啥突然自杀呢？

牛儿的坟堆起来的那天晚上，有个女人跪在坟前低声啜泣许久。

那女人不是荣儿。

天使的微笑

何雨旭受达·芬奇的那幅名画《蒙娜丽莎的微笑》的启发，准备画一幅中国式的蒙娜丽莎的微笑，画名也早取好了，叫《天使的微笑》。天使的微笑是什么样的微笑呢？应该是那种纯净那种超尘脱俗那种不懂得悲伤痛苦，就像婴儿的微笑。但这只是何雨旭抽象的想象，他无法用言语把这种想象描绘出来，他要到人群中去寻找天使的微笑，然后拿画笔把这样的微笑永远留在画布上。

这时电话响了,何雨旭想妻子张慈惠接电话,其实何雨旭就坐在电话机旁,他只要一伸手就能接到电话。电话响了好久,何雨旭仍不接电话。张慈惠来接时,电话不响了。

何雨旭出了门,他要寻找天使的微笑。

找了几天,何雨旭终于带回一个叫钱妍的女孩。钱妍有一张天使的脸庞。钱妍坐在画室里,朝何雨旭微笑着。何雨旭先在画布上画下钱妍脸部的轮廓,画钱妍的眉眼时,忽然觉得钱妍脸上的笑有点俗气,有点贪婪。何雨旭叹口气,说:"我今天累了,待有空再打你电话。"钱妍说:"行啊,价钱仍然是每个小时一百块钱?"何雨旭点点头:"当然。"

几天后,何雨旭又带回一个叫孙波的女孩。孙波的身材很好,皮肤很白皙,最惹眼的是胸部,大而挺,似要从衣服里蹦出来。孙波进何雨旭的家时,惊叹:"房子装修得真漂亮。如若我一辈子能挣到这么一套房子,那我死而无憾。"孙波坐在画室里,朝何雨旭妖媚地笑着,笑里面散发着艳红色的诱惑。落在画布上的微笑也成了妓女的微笑了。何雨旭再也画不下去了。

何雨旭没失望,仍相信能找到天使的微笑。

因而隔几天,何雨旭就带一个女孩来,但没有一个女孩的微笑让何雨旭满意。何雨旭又想到了孙波,或许孙波在他的启发下,能绽放出让他怦然心动的微笑来。何雨旭打电话叫来了孙波。何雨旭对孙波说:"你想象一下,你在情窦初开时暗暗喜欢上一个男孩,你正暗暗想他时,他来了,朝你微笑,你也朝他微笑……不,不是这样笑,我也说不清楚。你好好再想象一下,两个老年人,相互爱了一辈子,两人互相搀扶着一起散步,她不时朝他微笑……"孙波抛给何雨旭一个媚眼,用那种极嗲的声调说:"我觉得天使的微笑就像女人做爱时得到满足的那种笑。你想看看那种笑吗?"何雨旭听了这话,猛地把孙波搂在怀里。

…………

"笃笃"有人敲门。"请你们小声点,别影响我念经。"

摸
秋

"谁？"孙波咬着何雨旭的耳朵问。"我老婆。"孙波伸了一下舌头，老实多了。哪知何雨旭说："别怕，你想怎样就怎样。"

这天，何雨旭觉得极无聊，他打电话叫来钱妍。何雨旭的手先是试探性地碰了一下钱妍的胸脯，钱妍没什么反感的表示，何雨旭的胆子便大起来，双手按在钱妍的胸脯上。后面的事两人配合默契，且同时登上了顶峰。

一晃三年过去了，这三年何雨旭没画过一幅画，时间精力都花在数不清的女人身上。有一回，孙波问何雨旭："你不再画天使的微笑？"何雨旭说："想画，只是找不到这种微笑。"

让何雨旭没想到的是一个女人给他生下了一个儿子，她向何雨旭索要了一百万销声匿迹了。何雨旭带着儿子回家时，张慈惠正一下一下地敲着木鱼。何雨旭对儿子说："叫妈。"男孩叫了一声："妈。"张慈惠不再敲木鱼，笑着问男孩："你叫啥？"男孩说："何继。"张慈惠摸了下何继的脸："饿了吗？妈这就给你做饭。"

只是几天后，何继缠着张慈惠要去公园玩，张慈惠依了何继。没想到何继掉进了公园的人工湖。张慈惠来不及多想，跳进了湖里。张慈惠不会水，一下湖便往下沉，张慈惠用双手把何继举过头顶。

何继没事，张慈惠被"120"送进急救室。张慈惠醒过后问："我儿子怎么样？"医生说："没事。"张慈惠笑了，眼睛也永远地合上了。

何雨旭见到一脸微笑的张慈惠，心猛地一跳，张慈惠笑得很安详，是那种很浅很柔的笑，但笑里所含的东西却很多很多，每个人都能从这微笑里找到自己想找的东西。何雨旭哭了，哭自己太傻，自己苦苦地到处寻找天使的微笑，不想天使的微笑就在自己身边。不，我要永远留住天使的微笑。何雨旭拿来画夹，一边流泪一边画画。

仅一天，何雨旭便画完了《天使的微笑》。这画参加全国美展时，引来巨大的轰动，所有见过这画的人都赞不绝口，都一致认为这画能与世界名画《蒙娜丽莎的微笑》相媲美。

许多记者想采访何雨旭。却找不到，谁也不知道何雨旭去了哪里。

车祸

　　刘德阳正站在脚手架上砌墙时,下面有人喊:"德阳,快下来。"声音极其急促极其慌乱。刘德阳见是隔壁邻居,问:"啥事这么急?""你先下来。"刘德阳下了脚手架。邻居说:"快回家,你家里出了事。""出了啥事?你快说呀!"刘德阳抓住邻居的衣领,抓得很紧。邻居说:"我气都喘不过来,怎么说?"刘德阳松开了邻居的衣领。邻居骑着自行车跑了:"我说了,怕你受不住打击出意外,我担不起责任。"

　　路上,刘德阳把车子踩得飞快。

　　刘德阳一进村,就听到一阵呼天抢地的哭声。刘德阳进了院子,见到三岁的儿子躺在地上。女人与母亲扑在他儿子身上号啕大哭。刘德阳的腿一软,一屁股坐在地上了。

　　后来刘德阳才知道,儿子在公路边玩耍时,一辆摩托车把儿子撞得飞起来。骑摩托车的人车子都没停,跑了。

　　儿子被村人送到乡医院,医生奋力抢救,但还是未能救活儿子。医生说:"早来几分钟就有希望救活,失血太多。"

　　此后,刘德阳恨上了那些肇事逃逸的司机。

　　几年后,刘德阳骑着摩托车回家。刘德阳见前面一辆摩托车撞倒一个小孩子,摩托车不但不停下来,反而开得更快了。刘德阳大喊:"停车,停

摸
秋

车。"但摩托车依然开得那么快。刘德阳一加油门,车子飞起来样。刘德阳的摩托车离肇事摩托车仅十几米远。刘德阳喊:"快停车。你再不停车我就撞你。"

肇事摩托车一点也没减速。

瞬间德阳眼前又出现儿子血肉模糊的脸,要不是你们这些良心被狗吃了的人,那我儿子也不会死。刘德阳的牙咬得咯咯响,觉得前面那辆摩托车就是撞死他儿子的那辆摩托车。刘德阳把油门加到底,眼一闭,车子砰的一声撞上了前面那辆摩托车。

只是刘德阳一万个没想到的是肇事司机的头竟撞在路边的一块石头上,司机又没戴头盔。肇事司机一头的血,刘德阳的手指放在司机的鼻子前,竟没呼吸了。肇事司机死了。

刘德阳慌骑上摩托车,到了县城,上了一辆开往广州的火车。到了广州,刘德阳不敢在广州市待,而是进了郊区一家砖瓦厂。

砖瓦厂的活儿很累,每天从早晨七点干到晚上八点。吃得也差,一天三餐吃发霉的米做的饭,菜永远是白菜和萝卜。睡在工棚里,在地上铺层稻草,再放上被子,就成了床。被子永远是潮湿的。工钱却不多,一个月五六百块钱。许多人受不了苦,又嫌钱少,因而做不长久。另外,工友时时打架,一点小事就动拳动脚。刘德阳不但从没打过架,脸都没同人红过。刘德阳只埋头干自己的活。一干就两年。

砖瓦厂的老板见刘德阳老实,干活又肯下力气,便让刘德阳学烧砖。烧砖是技术活,不累,工资又高。烧砖的人都是老板信任的人。

刘德阳只学了三个月烧砖,就能独自烧砖了。刘德阳一个月的工钱也加到三千。刘德阳也不住工棚了,在村里租了一间房。刘德阳的房离砖瓦厂四里路,骑自行车也就二三十分钟。

这天,刘德阳骑车去砖瓦厂上班,刘德阳前面有几个上学的学生。这时一辆摩托车"呼"的一声从刘德阳身边飞过去了,撞到了一个学生,车子没停,飞驰而去。

被撞到的学生昏过去了。

刘德阳知道自己追不上那肇事车，便背起那学生往医院赶。

学生被送进了急救室，刘德阳想走，却被医生拉住了。医生以为刘德阳是肇事司机。刘德阳担心被医生纠缠住了，会引来警察，那样他的身份就暴露了，他只想快些走。刘德阳把身上一千多块钱全掏出来了。医生更认为刘德阳是肇事司机，更不让刘德阳走了。一位医生报了警。

警察来了，刘德阳没身份证，被警察带走了。警察很快查出了刘德阳是网上逃犯，也查清了刘德阳不但不是肇事司机，而且是救人的好人。

警察问刘德阳后不后悔背学生上医院，说如不背学生上医院，也查不出他是网上逃犯。刘德阳说："当时没想那么多，到了医院后才想到了，但晚了。"

刘德阳被他家乡的警察带上警车时，刘德阳厂里的一百多名工友，被救学生的家里人村里人，都来送刘德阳。刘德阳很感动，眼眶里噙着泪水。警察也对送行的人说："我们会把刘德阳救人的事向法院反映，请求法院从轻发落。"

葡萄

水泉和铁锁尽管是邻居，却不像俗话说的那样远亲不如近邻。相反，两人是一对仇人。

据说仇恨是在他们祖辈时就结下的。

至于他们的祖辈怎么结下的仇,有几种说法。但谁也拿不出充分的理由说自己的说法是正确的。我们在这也不去追究也没必要去追究。总之,水泉和铁锁动不动就吵架、打架。

前些天,水泉同铁锁又打了一架。

水泉院子里种了一棵葡萄,葡萄藤翻过院墙,爬进了铁锁的院子里。铁锁把爬进自己院子的葡萄割了,并把砍断的葡萄藤扔进了水泉的院子里。铁锁这样做有点挑衅的味道。你把葡萄藤割了就割了,随手扔在地上就是,为啥还要把葡萄藤扔进水泉的院子里?

水泉拿着葡萄藤进了铁锁的院子,说:"我家的葡萄爬进你的院子,你同我说一声,我把葡萄藤扯过去就是,你为啥招呼也不打就割我的葡萄藤?"

铁锁说:"爬进了我的院子里我就割,你不想让我割,让它别进我的院子。"

"葡萄藤就没长眼,它哪知道不能进你的院子? 可人长了眼……"

相骂没好话,两人啥伤人的话都骂出了口。又因围了一群看热闹的村人,两人谁也不服弱,谁都想争个上风,两人越骂越有劲,声音也越来越大,唾沫也溅到对方脸上。

每次争吵的最后就是动手。

两人你一拳我一脚地打起来。水泉和铁锁都一脸的血。要不是有村人劝架,准会出人命。

这回铁锁又吃了亏。

铁锁没水泉高,也没水泉力气大,因而每回铁锁都吃亏。铁锁不服气,每次都想下回能赢。但一到了下回,吃亏的还是自己。

铁锁咽不下这口气。铁锁想水泉死,但铁锁又不敢自己动手。自己动手那得偿命。铁锁就想到了借刀杀人。铁锁又想不出借哪把刀杀水泉。这时铁锁看到了花子,铁锁一看见花子,眼睛一亮。花子已十六岁了,仍光着身子。铁锁把花子拉进屋,拿出两块冰糖放在花子手里,花子把一块冰糖放进嘴里说:"真甜。"

花子要走,铁锁拉住了。铁锁说:"你认识水泉不?"花子点点头:"认得。""水泉好不好?"花子点点头:"好。"铁锁说:"好个屁。他在外面总说你的坏话,前几天他还打了你弟弟。""真的?"铁锁说:"当然是真的。""那我去打他。"花子说着就走,铁锁拉住了:"你打不赢他。"花子一脸的呆痴。铁锁拿了一把刀:"你可拿刀杀了他。"花子不接铁锁递过来的刀:"我杀了人我也得死,我不想死。"铁锁想不出花子还能说出这样的话。铁锁说:"你杀死了他,没事。你是疯子。杀了人不要负责任。"花子说:"你才是疯子。"花子说这话时,噙在嘴里的冰糖掉在地上,花子捡起沾满灰尘的冰糖又扔进嘴里了。铁锁说:"你杀了水泉,我每天拿两颗冰糖给你吃。"

拿了刀的化子出了门。

花子一进水泉家的院子,听见"哎哟"一声,原来是二胖,二胖手里的两串葡萄散了一地。二胖爬树摘水泉的葡萄。门"吱"的一声开了,水泉从屋里出来了。

水泉拉起地上的二胖:"摔痛没?你想吃葡萄同叔说一声就是。"水泉踮起脚,摘下两串葡萄,一串给了二胖,一串给了花子。水泉忽儿觉得额上的那块疤突然痛起来,水泉依稀记得,自己以前偷摘铁锁院子的葡萄时,被铁锁发现了,铁锁对他一脚,他摔倒了,头磕在一块石头上,后来他什么事也不记得了。

"花子,你手里拿把刀干吗?"水泉说着去拿花子手里的刀。花子说:"你是好人,我不杀你。铁锁是坏人,我要去杀他。"花子说着跑出门。水泉也跟着跑出门:"花子,你回来,回来,你不能乱杀人。"进了铁锁的门,水泉又大声喊:"铁锁,花子要杀你,快躲。"

红木手镯

余敏和何杰在寒风里站了两个小时了,开往广州的长途班车还没来。余敏冷得不住地跺脚,何杰也不停地搓手:"这鬼天气咋这么冷。"余敏说:"你先回去吧,省得你在这冷。""要不我们一起回家,明天再来。那我们又可在一起待一天。"

这时长途班车来了。何杰望余敏的眼里湿漉漉的,余敏知道何杰舍不得她走。余敏说:"得走。"余敏知道今天若不走,那就永远不会走。前天,余敏同何杰也在这等车,车来了,却没上,昨天又是一样。"其实我也不想走,可是……"不走待在家干吗? 再说他们想早点结婚,可他们两手空空的,一点钱也没有。没钱怎么能结婚? "那就走。"何杰说这话时,两滴晶亮的泪水从眼眶里溢出来了。"真想同你一起走。"但何杰走不开,何杰的父母身体不好,田地里重累活干不了。如何杰走了,那七八亩田地全得长草。

车停下了,司机不停地按着喇叭,催余敏上车。

余敏牙一咬,挣脱何杰的手,上车了。何杰喊:"在外面照顾好自己。"余敏的头伸出窗外,一头黑发被风吹得纷纷扬扬。余敏不停地朝何杰挥着手:"等我回来!"声音被寒风撕成丝丝缕缕的,散失在空中。何杰一直追着班车跑。班车不见影了,何杰还站傻傻抛在那儿,痴痴地望着班车消失的地方。余敏的泪水一滴一滴地掉在手腕上的红木手镯上。红木手镯上刻着两只偎在一起的鸳鸯,雕得栩栩如生。

那时何杰做了两只同样的手镯,一只送给余敏,另一只自己戴上了。何杰说:"今后等我有钱了,给你买只镶着宝石的金手镯。"余敏一脸幸福的笑:"那我等着。"

两天后,余敏到了广州。余敏去沙河街金宝玩具厂找老乡。老乡开初说玩具厂招人。老乡却不在,已辞职了。玩具厂却不要人。余敏大街小巷地跑,跑得脚板磨起了血泡,才进了一家小饭店。余敏每天从早到晚有做不完的事,抹桌子、扫地、洗碗、端菜、倒菜。手脚没空闲的时候。老板又苛刻,工资极少。一个月才五百块钱。余敏不想干,一时却找不到更好的去处,只有在饭馆里待。

一回,余敏为客人倒茶时,那客人的目光突然一亮,她一把抓住余敏的手:"这红木手镯真漂亮。"余敏红着脸抽回自己的手。客人忙赔不是:"对不起,我太激动了。你这手镯是哪里买的?"余敏说:"人家送的。"坐在女客人旁边的男人说:"你想要这只手镯,让她卖给就是。"男人对余敏说:"小姐,开个价。"余敏笑着摇摇头:"不卖。""一千块钱,怎么样?"余敏还是摇摇头。"二千,不,三千。还外带你进我的公司做文员,每月工资一千块钱以上。"

最终余敏褪下手腕上的手镯。余敏的泪水也掉下来了。

余敏也进了男人的公司当了文员。

男人姓黄,员工都称他为黄总。黄总很有人缘,员工都说他好。余敏也觉得黄总是个不错的人,他才三十出头,生意却做得极大,公司里什么都经营。黄头总对员工也不苛刻,员工生日,黄总总送上一份礼物。礼物的轻重视员工这年为公司做出贡献的大小而定。余敏曾听说黄总曾送给一员工一辆三十多万的轿车。余敏想自己生日,黄总送什么礼物给她呢?

余敏一万个想不到黄总送她的是一只镶有钻石的金手镯。"这,这,太贵重了。"黄总笑着说:"我给你戴上吧。"

那晚余敏喝了不少葡萄酒,开初黄总约余敏吃饭时,余敏犹豫不决。黄总

就说："请你吃饭也是公司送你生日礼物的一部分。"余敏找不到理由拒绝。

两年后,余敏回家了。

何杰问:"我送你的红木手镯呢？""掉了。""你找到红木手镯再来找我。"

此时的何杰再不是两年前的那个口袋里穷得叮叮响的何杰了。何杰承包了镇里的砖瓦厂,碰巧县里搞两个开发区,高楼十几幢十几幢地做,何杰砖瓦厂的砖供不应求,何杰让工人加班如点。何杰的口袋自然地鼓了。

"你再帮我做只红木手镯就是,我去哪儿找？""你找不到别找就是。"何杰的语气很冷。

余敏就打黄总的手机:"你能帮我找回那只红木手镯吗？花多少钱都行。什么？你同她早就没有联系？……"余敏挂了电话,去县城的几家工艺品店转。但工艺品店都没余敏要的红木手镯。余敏问一店老板:"你能做一只红木手镯吗？手镯上雕两只鸳鸯。"店老板摇摇头:"我不会做,这些工艺品都是从工艺厂进来的。哦,我突然想起来了,隔壁的红玫瑰歌舞厅的一位叫白梅的手上好像戴着你想要的手镯。她来过我店里几次。"

余敏很快到了白梅,也一眼认出白梅手上的红木手镯是何杰刻的。"能让我看看你的手镯吗？"余敏记得何杰送她的手镯里面刻着她的名字。何杰的手镯里面刻着他自己的名字。这只手镯里面千真万确刻着"何杰"两个字。

余敏花三千块钱把手镯买下来了。余敏求人把手镯上的何杰两个字刮掉了,刻上了余敏两个字。余敏拿着手镯找到何杰:"你要的手镯我找回来了。""找回来了就好。"

何杰同余敏又和好了。

两人准备结婚,日子定在正月初六。何杰开车来接余敏时,却怎么也找不到余敏。何杰正焦头烂额时,余敏来电话了:"你别找我,我已在火车上。""你为什么要走？""因为那只红木手镯。""我不明白。""你明白!你真不明白可去问红玫瑰歌舞厅的白梅。"余敏挂了手机。

一树桂香

　　王婆婆的院子里有一棵枝茂叶盛的桂花树。一到八月,桂花树上就挂满星星点点的桂花。桂花浓郁的香味引来成群的蜜蜂,引来想折桂树枝的小孩,也引来爱美的姑娘,她们想捡些散落的桂花,然后把桂花放进口袋,那就一身的桂花香了。

　　嘤嘤嗡嗡叫的蜜蜂、欢蹦乱跳的小孩、爱脸红的姑娘,这一切,王婆婆都喜欢。蜜蜂让王婆婆想起她以前与男人度过的幸福的时光。桂花开时,她同男人老爱坐在桂树下。王婆婆还记得,一回两人坐在桂树下,一只蜜蜂蜇了她的脸。笨拙的男人竟捧着她的脸吸,说要把蜜蜂的毒汁吸出来。一想起这些,王婆婆就幸福地笑。男人好像就在眼前笨手笨脚地为她吸毒汁。王婆婆也记得男人蒙了白布躺在桂树下的样子。男人在医院里死的,按规定不能进屋。王婆婆就说:"让他躺在桂树下,他喜欢桂花。"那时,桂花落了男人一身。欢蹦欢跳的小孩让王婆婆想起她的儿子。她的儿子也喜欢桂花。儿子爱哭,但桂花开时,儿子很少哭。儿子一哭,王婆婆摘了几朵喷香的桂花放在儿子的嘴上,儿子就不哭了,一个劲地闻着桂花的香味。只是,儿子刚学会走路时,就被人抱走了。而爱脸红的姑娘,让王婆婆想起自己年轻的时候。想起她第一次进男人的院子时的事。是桂花开得正艳时,她很远时就闻到桂花的香味。后来香味越来越浓,她的心也怦怦乱跳,难道他家的院子里有桂花树？她一进院门,真的见到了一棵开满花的桂花树。她一下喜欢上了这个院子,也喜欢上还未见过面的男人啦。因为男人同她一样喜欢桂花。

只是桂树开花的时间太短了,桂花谢了,王婆婆的院子里也冷清了。嘤嘤嗡嗡的蜜蜂飞走了,王婆婆也听不到小孩欢快的笑声,姑娘也不肯进她的院子里。王婆婆想,要是桂树一年到头开花那就好。

这天,王婆婆正坐在桂树下发呆时,有人敲院门。王婆婆说:"请进。"门开了,进来的是个年轻而英俊的小伙子。王婆婆的眼前一亮,她看到了年轻时的男人。王婆婆还以为是做梦,一掐腿,痛,再揉揉眼,眼前真的站着一个小伙子。王婆婆说:"你长得真像我死去的男人。"小伙子笑了,她对自己有好感,他的计划已成功了一半。小伙子说:"婆婆,我口渴了,想喝口水。"王婆婆进了屋,端了杯水递给小伙子:"你喝。"小伙子喝完了一杯水,王婆婆又端来一杯。王婆婆端第三杯水时,小伙子说:"婆婆,别再端了,我再喝,肚子得爆了。"王婆婆被小伙子逗笑了。小伙子见了桂花树说:"这棵桂花树怕有四十年树龄吧。"王婆婆说:"你的眼力真好,这树四十五年了。看来你也喜欢桂花树。"小伙子说:"所有的树中,我最喜欢桂花树。"小伙子告辞时,王婆婆说:"你急着走干吗？我这院子一年到头没个人来,你反正没事,陪我聊聊天。"

王婆婆从小伙子嘴里得知小伙子叫李小树。李小树是个孤儿。以前捡破烂,在一家建筑工地上干活。晚上就睡在潮湿的工棚里。王婆婆听了,竟抹着眼睛说:"真可怜。"到了吃饭的时候,李小树又告辞,王婆婆不让:"你吃饭再走也不迟。"李小树吃了两碗饭,说:"婆婆,你做的饭真香。我长这么大,还没吃过这么好吃的饭菜。"李小树这话把王婆婆的眼泪说出来了:"你想吃就再吃。"李小树不好意思地说:"那我再吃一碗。"王婆婆笑着说:"你尽管吃,你吃不穷我的。"王婆婆更喜欢这个淳朴的小伙子。李小树吃完饭,王婆婆又端来一杯水:"饭后应该喝杯水,有助于消化。"李小树听了这话,眼眶竟红了:"还从没有人这么关心过我。"李小树的声音哽咽了。王婆婆说："孩子,你如不嫌我这个老太婆,就做我儿子吧。在外干活,回来也有口热饭吃,晚上也可睡个好觉。"李小树一万个想不到他的目的这么快达到了,他激动不知说啥好。王婆婆说:"你还不叫妈?""妈!"李小树的泪水哗地一下淌下来了。

有好心的邻居劝王婆婆:"你要当心,他可能是冲着你的财产来的。"王婆婆因没儿子,生活又极简朴,因而有了一笔数目不小的积蓄。另外,如今地皮升值,王婆婆处于黄金地段的独门独院值四五十万。王婆婆说:"我死后,所有的财产归他就归他。钱嘛生不带来死不带去的。"

李小树住进王婆婆家的第二天又要去工地。王婆婆说:"你想一辈子在建筑工地上干活?"李小树说:"我除了吃力气饭,还能干啥?"王婆婆说:"你得学一门技术。你想学什么?学开车,不行,开车有危险,现在车祸猛于虎。要不,当厨师怎么样?"李小树说:"行。"李小树去了一家五星级酒店学厨。

桂花又一次盛开时,王婆婆病倒了。医生一诊断,竟是尿毒症。医生告诉李小树最好的办法是换肾。李小树说:"换我的肾吧。"医生得知李小树不是王婆婆的亲生儿子,说:"我们还要化验,看配型对不对。"检查结果是配型合适。李小树告诉王婆婆:"医生找到了合适的肾。"

但王婆婆最终还是知道李小树为她捐肾的事。王婆婆哭着说:"小树,你好傻,你为我这个老太婆失去了一个肾,不值得呀!"李小树说:"妈,这是儿子就应该做的。这一年,是我一生中过得最快乐幸福的一年,你的母爱让我认定你就是生我养我的妈妈……只是,有件事,我瞒了您……"李小树吞吞吐吐地说:"我想成为你的儿子,目的是想你百年之后得到你的财产……"王婆婆说:"可你为什么又要救我?"李小树的眼眶酸胀胀的,但他忍着不让泪水掉下来:"我不想再成为一个没有娘的孤儿,妈,我不想失去你,妈!……"李小树的泪水还不是忍不住掉下来了。李小树不拭,任泪水在脸上肆意地淌个不停。李小树哭够后,进屋收拾自己的东西。王婆婆说:"你想去哪?"李小树说:"我不配做你的儿子。""你不配谁配?全世界

有几个亲生儿子舍得为娘摘取一个肾的？儿子，你是我最好的儿子。"

　　桂花再次飘香时，王婆婆竟发现李小树就是她的亲生儿子。王婆婆为李小树铺被子时，在被子里见到了那个她亲手戴在儿子脖颈上的玉佩。李小树回家后，王婆婆让李小树脱下裤子。王婆婆的儿子屁股上有块红色的胎记。李小树脱了长裤，王婆婆还要他脱内裤。李小树不好意思脱了，王婆婆说："你屁股上是不是有块红胎记。"李小树点点头。王婆婆急不可耐地拉下李小树的裤子，李小树的屁股上真的有块红胎记。王婆婆搂住李小树哭起来："小树，你真的是妈亲生的儿子！……"

第六辑

Xiang Feng Bu Shi Yi Shou Ge

相逢不是一首歌

复仇

　　林娜喊林阳："去给妈买瓶酒来。"林阳原本是林娜的侄子,后来,林阳的父母遇车祸死了,林娜便收养了林阳。林阳不再喊林娜姑姑,改口喊林娜妈。

　　"妈,买什么酒？"

　　"红酒。"

　　林阳出了门,林娜便写遗书:我死后,所有的财产捐献给国家。然后签上自己的名字,写上了日期。

　　儿子明明死后,林娜便觉得活得没意思。

　　儿子是跳楼自杀的。

　　林娜不相信儿子会自杀。儿子是个性格开朗的人,还在念高二,成绩极好,学习上没压力,同老师同学处得也极好。儿子没事时不是吹口哨就是哼歌。就是这么一个快乐的人却跳楼自杀了。儿子实在没有理由自杀呀。

　　可是儿子却留下了遗书。字迹千真万确是儿子的。

　　林娜就怀疑有人逼儿子写遗书,遗书写好后,再逼儿子跳楼。但这只是林娜的推测。林娜找不到儿子被谋杀的证据。

　　一开始林娜就怀疑儿子是林阳杀的。

　　林阳已二十二岁了,却什么事也不想做。一天到晚吃喝玩乐,没钱就要林娜拿。林娜若不给,林阳就去找林娜公司的员工借。这让林娜很难堪,林

娜只有给。

另外,林阳有杀害儿子的动机。儿子死了,今后她的数百万财产全归林阳了。

林娜极后悔当初收养了林阳。

开初林娜也只是怀疑儿子是林阳杀的,可一回林娜听见林阳在梦中喊:"明明,饶了我,我错了,我不该逼迫你……"林娜去公安局说了这事。警察还是没办法:"我们不能凭他一句梦话就抓他。我们要证据。"

林娜却找不到证据。

林娜不死心,林娜要为儿子复仇。

十几分钟后,林阳拿了瓶红酒进了屋。林娜说:"给我倒杯酒。"林阳拿了玻璃杯,倒了半杯酒,递给林娜。林娜端起杯,一口喝了。林阳说:"妈,你这病不能喝酒。"林娜有肝炎,医生叮嘱她不能喝酒。

"你不是早就希望我死吗? 我死了你就可得到我所有的财产。"

"妈,你怎么说这样的话?"

"我说的是你的心里话。我还知道,我儿子是你杀的。你逼迫他写遗书,然后又逼他跳楼……"

"你这老不死的也不想活了! 你如不想去见阎王,就闭嘴……"恼羞成怒的林阳顺手给了林娜一个耳光。

"你也可以逼迫我写遗书呀,然后也逼迫我跳楼呀! 但我告诉你,你的如意算盘打错了,我死了,我的遗产也不会给你,我要把全部遗产捐献给国家。我已写好了遗书。"

林阳从林娜手里抢过遗书撕了,随手丢在地上。

"你撕了有什么用? 你想得到我的遗产现在就杀了我。"

"我才不上你的当,杀了你我也要抵命,我还不想死。"林阳说完出了门,骑着摩托车走了。

林娜往酒杯里又倒了酒,拿出一个小纸包,打开,把白药粉全倒进酒里,再把包药的纸扔进了冲水马桶,然后喝了一口酒。片刻,林娜的肚子刀绞样痛。她忙拿了笔，在白纸上写了三个字：林阳杀。便一头栽倒在地上。

付玲一直按门铃，却没人开门。付玲是林娜的好朋友，林娜上午给付玲打电话，要付玲三点来她家玩，然后一起去水疗。付玲给林娜打手机。付玲听到屋里传来手机的响声。付玲以为听错了，关上自己手机，屋里也没声音了。付玲又拨林娜的手机，付玲又听到手机的响声。付玲又看林娜的车在，林娜以往外出，总开车。付玲确信林娜在家。难道林娜出事了？付玲便拨了"110"。

几分钟后，警察赶来了。

警察确认林娜是林阳杀的。林阳不承认。警察说："酒是你买的，酒杯上还有你的指纹。林娜的脸上也有你的指纹。至于你为什么要杀她？被你撕碎的遗书不是最好的证据吗？"

"我真的没杀她，真的没……"

林阳被判为死刑。

林阳被押往刑场的路上，不停地骂警察："你们真是一群废物！我没杀林娜，你们却冤枉我，说我杀了她。我杀了林娜的儿子，你们却查不出来……"

相逢不是一首歌

放学铃响了，同学们一个个去食堂打饭了。李乐仍坐在位置上看书。

摸秋

李乐的肚子早饿得咕咕叫，李乐早晨只吃了二两稀饭。

"来，吃饭。"

小敏手里端着两碗饭。小敏递给李乐一碗。李乐的碗里有几块红烧肉，小敏的碗里却是青菜。李乐的鼻子有点发涩。他不知小敏这是第几次给他买饭啦。"吃呀，发啥愣？"小敏催李乐。李乐拿起筷子，想拨两块肉给小敏，小敏躲开了："那肉太肥，我怕发胖。"李乐吃饭时，泪水一滴滴地掉在饭碗里。李乐怕小敏看见他的泪，头低得更下了。

小敏吃完饭，又从口袋里掏出一把饭菜票放在李乐的桌上。李乐坚决不要："我不想欠你太多……"李乐的声音哽咽了。小敏说："你说这样的话就见外了，你根本没欠我的，你为我解答难题，浪费了你多少时间和精力。你如真的觉得欠我的，那你今后考上大学，参加工作了，再对我好就是。"小敏说这话时，连耳根都红了。小敏忙端着两个空碗出了教室。

几天后，李乐的桌上又多了本《高考语文模拟试题》的书。李乐知道这书又是小敏为他买的。语文一向是李乐的弱项。李乐朝小敏投去感激的目光，小敏忙低下头，佯装没看见。

填报志愿时，李乐听从老师的建议，填了清华。李乐的成绩一向很好，每回考试都拿全校第一。

但李乐得知小敏填报了本省的师大时，忙改了志愿，也填报了本省师大。

班主任对李乐说："你会后悔的。"李乐说："我决不后悔。"

小敏也要李乐再改报志愿。李乐说："不，我想永远同你在一起。"

高考结束后，李乐问小敏考得怎么样，小敏说："应该能考上吧。你呢？"李乐说："当然没问题。"但李乐一点也不高兴。小敏问："你怎么一点也不高兴？"李乐开初不说，小敏问了几遍，李乐才说了："我上不成大学的。我的家境你也知道……"

李乐的父亲在李乐十二岁就因病去世了。母亲带着李乐兄弟熬日子。在李乐的记忆里，自己的学费从没一次性交清过，总是这个学期拖到下个学期才交清。

"现在我母亲因操劳过度,积劳成疾,病瘫在床上了。我开初不想考,明知道考上了也念不起,但我担心你受影响,担心你考不好,只有考了……"

一脸泪水的小敏说:"不,你一定要念。你考前不是说我们在大学里相逢吗?我要供你上大学,只要凑齐了第一学期的学费就行了,我们可做家教,可在学校打扫厕所,可……"

李乐点点头:"好吧。那我们在大学里相逢。"

小敏唱起那首《相逢是一首歌》的歌,这歌李乐也喜欢唱:"你曾对我说,相逢是一首歌,眼睛是春天的海,青春是绿色的河……"李乐也跟着唱:"相逢是首歌,同行是你和我……"但李乐的泪水无声地流过脸颊,掉在衣领上。李乐哽咽得唱不下去了,走了。小敏朝李乐远去的背影喊:"记住,我们在大学里相逢。"

二十天后,高考成绩就出来了。小敏考上了省师大。李乐竟是全省理科状元,分数达到清华大学的分数线。

小敏上了师大,但一直未见到李乐。小敏后来收到李乐的一封信,李乐在信里告诉小敏,他一高考完就在省城打工。他如若上大学,那他弟弟就得辍学,他想挣钱让弟弟上大学。小敏看寄信的邮戳,李乐真的在省城。

两个月后,小敏去食堂打饭。一同学告诉她:"一民工因老板拖欠几个月工资,要跳楼。"小敏忙去了建筑工地,远远地,小敏就看见一个人站在七楼的楼顶上。近了,小敏听到那人喊:"不付清我们民工的工资,我就往下跳。我在这工地干了四个月,一分钱也没拿到……"

是李乐。

小敏大喊:"李乐,千万别跳!你如跳了,我随后就跳……"

李乐不出声了。

小敏哭着说:"谁是这工地的老板?这老板的心也太黑了。这个想跳楼的人原本可以上清华,可他家太穷,父亲病逝,母亲病瘫在床,弟弟念高一。母亲等着他的钱买药,弟弟等着他的钱交学费……"

同桂月吵,吵也吵不过桂月。

木瓜说:"我没偷吃月饼。"

桂月不信:"只有你这个贼才偷吃。"

木瓜这才懂得贼的意思。

桂月有一回发现钱包里少了五块钱,她的钱包放在衣服口袋里,衣服放在床上。桂月又说木瓜偷了五块钱,又打木瓜。木瓜哭着喊:"我没偷,没偷。"

"不是你这个贼偷了那是谁偷的。"

后来家里一有东西丢了,桂月就打木瓜。因而木瓜三天两头挨桂月的打。桂月还在村里四处说那个瞎子算命算得好准,说木瓜总偷家里的东西,说木瓜长大了准偷别人的东西。村里人都知道木瓜是个贼。

村里同木瓜一起玩的小孩丢了东西,也赖木瓜偷了。

小孩的父母不让小孩同木瓜玩,怕小孩跟着木瓜学坏。

木瓜上学了。上学没多久,一个同学放在文具盒里的十块钱不见了,这十块钱是准备交给老师订杂志的。老师问:"谁拿了这同学十块钱?"班里十几个同学说:"是木瓜。"那十几个同学都是木瓜村里的。

"你们看见木瓜拿了?"

"没有看见木瓜拿,但木瓜是个贼,总偷东西。"

木瓜说:"我没偷。我绝不做贼。"

老师信了木瓜的话。老师对那丢钱的同学说:"这钱或许是你在上学的路上弄丢了,要不这钱,老师给你垫上。"

下课后,老师把木瓜叫进办公室,老师说:"你做得对。别人说你是贼,你心里千万不要接受。老师相信你,你永远不会成为一个贼。"

木瓜的眼泪淌下来了,还哭出了声。老师把木瓜搂进怀里,拍着木瓜的背说:"老师永远相信你。"

只是让桂月没想到的是南瓜、冬瓜竟因偷老师的钱,被学校开除了。桂月没想到南瓜、冬瓜是贼。桂月往死里打南瓜、冬瓜。南瓜说:"还不是因为你。以前家里的东西都是我和冬瓜偷的,你总说是木瓜偷的。我偷顺手了,一见啥就想偷。"

再说木瓜大学毕业后,在县城开了家家电公司,挣了不少钱,在村里建了幢别墅,还买了轿车。木瓜时时来陪桂月说说话。桂月发现自己又时时丢钱,桂月说南瓜、冬瓜偷了她的钱。

南瓜、冬瓜说没拿。

桂月说:"不是你们两个贼偷了是谁偷了?你们不偷东西咋被学校开除了?狗改不了吃屎。你们还想让我冤枉木瓜?木瓜还会拿我的钱?他每月拿一千块钱给我。"

村里人也时时丢东西,一丢东西,就对着桂月家骂,指桑骂槐骂南瓜、冬瓜。南瓜、冬瓜感到冤,他们确实没偷。但他们又不能站出来应嘴,人家没点名道姓,你们出来应,不是你们是谁?

南瓜对冬瓜说:"既然村人都说我们是贼,我们就做贼,要不太冤了。"

一天晚上,南瓜与冬瓜偷人家鸡窝里的鸡时,被村里人抓了个正着。南瓜和冬瓜被村人押进派出所。

没多久,木瓜偷一村人的一双破皮鞋时,被人看见了。那人惊呆了,木瓜这么有钱的人怎么会偷一双破皮鞋?其实,桂月的钱、村人丢的东西都是木瓜偷的。木瓜是故意偷的。木瓜想,我再怎么偷,村人都不会怀疑是我偷的。木瓜见桂月、村人骂南瓜、冬瓜,很开心,他让他们也尝尝被冤枉的滋味。南瓜、冬瓜被抓走了,木瓜还偷,木瓜想看看村人这时会怀疑谁偷的。

第三只手

　　王三手出生时,比常人多了一只手。那多余的第三只手长在背上。当然那时王三手还没有名字。王三手这名字是王破烂取的。王破烂清早起来捡破烂,听到了一婴儿的哭声,走上前,见到一个婴儿。王破烂扒开婴儿的裤裆看,竟是男婴。王破烂笑了,他有儿子了。王破烂的女人为他一连生了五个女儿,就是生不出一个儿子。王破烂因超生,栏里的猪被牵走了,鸡橱里的鸡被捉走了,睡的床被搬走了,门也被卸走了。王破烂在村里待不下去了,只有带着女人与女儿,逃到城里。王破烂在河上的桥洞下安家了。

　　想不到老天爷没让他王破烂绝后,他终于有儿子了。王破烂抱着王三手笑得眼里有了泪。

　　但女人给王三手换衣服时,发现王三手背上的第三只手,尖叫起来。王破烂也明白婴儿的父母为啥不要他。女人不想要王三手,要王破烂丢回去。王破烂说:"多了一只手有啥要紧的,今后有钱去医院割掉就是。"

　　王破烂却没钱。王破烂同他女人一天到晚在外捡破烂,也塞不满五个女儿的嘴。有人想收养王破烂的女儿,王破烂却舍不得。因而王三手长到七岁了,王破烂也没钱给王三手做手术。

　　王三手不爱出门。一出门,许多人都盯着王三手的第三只手看,看他的目光满是怜悯与惊奇。王三手讨厌这样的目光。

摸秋

　　当王破烂要送王三手念书时,王三手就是不肯。王三手说:"你把我多余的三只手截掉了,我就上学。"

　　王破烂说:"谁说你这第三只手是多余的? 用途大着呢。你看我们,只能用两只手提东西,你却可以用三只手提东西。还有,比你大的小孩咋都不敢欺负你? 因为你有三只手,他们打不过你。他们想要三只手还要不到呢。"王破烂没钱,只有这样安慰王三手。

　　王三手听不进,"我这只手就是多余的,多余的。"

　　王三手十三岁那年,却发现自己的第三只手不是多余的。王三手的一个姐姐住进了医院,王三手去医院看姐姐。隔壁床上一老人咳儿咳儿地咳嗽,老人对王三手说:"求你帮我摸摸胸口。"王三手正给姐姐削苹果,只有拿第三只手帮老人摸胸口。王三手的第三只手一摸到老人的胸口,心里一颤,话也夺口而出:"大爷,你还有三天活。"

　　碰巧老人的儿子提着一瓶开水进来了。他听了王三手这句话,生气地打落王三手摸老人胸口的手,狠狠地瞪了眼王三手。

　　但是三天后的清晨,老人就去世了。

　　另外一个老人求王三手摸他的胸,王三手说:"你还有五天活。"五天后,这位老人也去世了。

　　医院几个患重病的病人家属都求王三手摸病人的心脏,王三手都说准了。

　　王三手的姐姐也说:"三手,帮我看看,看我有多长的寿。"王三手的第三只手便按姐姐的心。王三手说:"姐,你能活八十二岁零七个月。"

　　王三手没想到他的第三只手有这样神奇的功能。

　　后来找王三手摸心的人也越来越多了。王三手也开始收钱了,一百块钱摸一次。如若有人肯出一千块钱,王三手就详细地告诉那人今后的命运,如四十岁发大财,五十岁大病一次,五十五岁遇车祸失去一条腿,六十岁丧偶,七十岁……一直说到死。

　　这样,王三手一下发了大财。

王破烂一家也住进了一套二百平方的大房子。王破烂当天摸着王三手的第三只手说："三手，我说你这只手不是多余的吧，幸好以前我们没钱，要不早截掉了你这只手，那我们一家人还挤在那个桥洞里。"

没多久，王三手竟被一个叫光头的男人绑架了。起因是光头的女朋友让王三手的第三只手摸心，光头的女朋友出了一千块钱，王三手便把自己所知道的全都对光头的女朋友说了，说她的婚姻不幸福，说她三十八岁得乳腺癌，说她只能活到四十岁。光头的女朋友觉得活着没意思，便跳楼了。愤怒的光头便绑架了王三手，要王三手拿四百万，要不剁掉王三手的第三只手。

此时又有两个人因王三手告诉了他们今后的命运，他们这样活得没意思，都自杀了。死者的家属都来到王三手家闹。王三手家里能砸的东西都被砸掉了。

警察很快把光头抓住了。

但王三手也以"扰乱公共秩序"罪被逮捕了。

王三手判了五年。

王三手一出狱，就去了医院。王三手想截掉背上的第三只手。可是王三手拿不出五千块钱手术费。王三手以前的房子、现金，公安局以非法所得全没收了。王三手不好意思找姐姐们要钱。

医院的几个医生说："你们帮我摸一下心，我们就免费给你做手术。"

"到时警察又判我的刑怎么办？"

医生们一个个说："不会的，我们不会去自杀。""再说我们不会说出去，谁也不知道。"

王三手同意了。王三手摸了摸第三个医生的心，说："你只有三天活。"那位医生"扑通"一声倒在地上，脑溢血了。

医生的家属告到公安局。那位医生三天后也去世了。

王三手又被警察抓走了。

因是惯犯，重判，这回王三手判了十年。

摸秋

祖孙

太阳还藏在鄱阳湖里睡觉,爷爷便拍小胖的屁股,小胖唔唔地叫着,继续睡。爷爷又揪小胖的耳朵:"懒鬼,该醒了,我们得去挖红薯。"

桌上放着两只红薯,还有一碗稀饭,一罐豆腐乳,一罐辣椒酱。小胖没点胃口,喝了一碗稀饭,不想吃了。"我们中午才得回家,不吃会饿。"爷爷拿起一只红薯放在小胖手里。小胖只有闭着眼吃,强迫自己往下咽。小胖不喜欢吃红薯,一天三餐红薯,吃得太多了。他现在一见红薯就想吐。但小胖很听爷爷的话,他不想爷爷为他不高兴。小胖吃完了一只红薯,爷爷说:"走吧。"爷爷扛着一把锄头,挑着一担谷箩出了门。小胖带上门,跟在爷爷的后面。小胖的身后跟着一条黑狗。

两边的树丛里传来各种鸟叫,都叫得朦朦胧胧的,满是倦意,让小胖更想睡,一个哈欠接着一个哈欠从嘴里飘出来。

爷爷走路走得很慢,脚贴着地面走,拖起一圈灰尘。小胖说:"爷爷,我来拿锄头吧。""行,你拿吧。爷爷真的老了,空手走路都吃力。爷爷以前可不是这样,以前挑两百斤重的担子,脚下都呼呼生风。"

田野里空荡荡的,稻谷、棉花、花生,该收的都收了。土地显得疲倦,没点生气。黄色的太阳还没睡醒样,没点精神。黑狗对着慢慢变红的太阳汪汪地叫。小胖说:"黑虎真傻,对着太阳叫啥?"小胖的话让爷爷笑了:"你两岁的时候，我学狗叫，你还咯咯笑呢。"小胖不好意思，埋下头摘红薯。爷爷举起锄头，这儿挖一锄，那儿挖一锄，然后拎着薯藤一拉，十几只吊在薯藤上的红薯堆了一地。小胖把藤上的红薯一只只摘下来，放进谷箩。

太阳越升越高，小胖的肚子咕咕地叫得厉害。爷爷听见了，说："想不想吃烧红薯？"小胖嘴里说不想，却站起来捡地上的棉花秆。小胖捡了一捆棉花秆，爷爷把棉花秆折断，然后掏出打火机，棉花秆着了，浓烟袅袅升起。爷爷拣了几个圆滚滚的红薯，扔进火堆里。很快，红薯的香味呼呼地四处溢开来。黑狗馋得口水都流出来了。

小胖说："这薯闻着香，却不好吃。"

"我猜你父母是城里人。"

小胖摇摇头，不懂爷爷的意思。

"如你父母是乡下人，不会这么讨厌吃红薯的。红薯是我们乡下人的命，我们都喜欢红薯。我吃红薯吃了七十年，还没吃厌。你呢？才跟着我吃了七年红薯，却吃厌了。"

"我想他们也是乡下人。如他们是城里人，不会一生下我就把我扔掉。"

火熄了，红薯熟了。小胖拿根棉花秆拨出一只红薯，黑狗一口吞了，黑狗烫得一蹦一蹦地跑，汪汪地叫。黑狗跑到水塘边，喝水了才不叫了。小胖又拨出两只红薯。小胖拿起一只红薯，剥了皮，递给爷爷："爷爷，吃吧。"

"今后再没人叫我爷爷啦，再没人给我剥红薯皮啦。"爷爷的泪水竟爬了一脸。

小胖的泪水也淌下来了："爷爷，求你不要把我送给别人。我只想跟爷爷在一起。"

爷爷把小胖紧紧搂在怀里："傻孙子，爷爷一万个不想把你送人，可爷爷老了，爷爷养不起你，爷爷送你念书都送不起，都怪爷爷没用。要是爷爷年轻十岁就好了，那爷爷绝对不把你送人。"爷爷满是泪水的脸紧紧贴在小胖的脸上，"小胖，我的好小胖，你走了，爷爷还怎么活？"爷爷竟哭出了声。小胖搂紧爷爷的脖子："爷爷，我哪儿也不去，只跟着你过。"

摸
秋

黑狗不明白发生什么事,惶惶地鸣叫。

爷爷掰开小胖的手,站起来,又挖红薯。小胖拭干了泪,把藤上的红薯一只只摘下来轻轻放进谷箩时,小胖看见藏在爷爷脸上皱纹里的泪水一滴滴地掉在地上。

太阳爬到了头顶上,爷爷说:"红薯挖完了,回家吧。"

小胖看到还有十几棵红薯,爷爷挖了,但没拉出来。小胖要去拉薯藤,爷爷说:"那十几棵红薯放在那儿。要饭的人路过这儿,就不会饿肚子。他们可吃生红薯,也可吃烧红薯,这儿有这么多棉花秆。"

"爷爷的心真好。"

"回家吧。想不想吃肉?我待会儿买一斤精肉,剁成肉末,做肉丸子给你吃。"

"不想吃。"

"不想吃?"小胖最喜欢吃肉丸子。只是他没钱,一年只在过节才买肉。

"吃了肉丸子,你就把我送走。我情愿不吃也要跟爷爷在一起。"

爷爷的泪水又涌了出来。

天黑下来了,小胖吃过晚饭就睡了。爷爷一直坐在小胖的床前,一直看着小胖的脸。"爷爷,我不想去别人家。"爷爷以为小胖醒了,原来小胖说梦话。

门外传来狗叫。有人敲门。爷爷开了门,进来一个男人一个女人。男人抱起床上的小胖就走。爷爷拉住了男人,从抽屉里拿出一个塑料袋。爷爷把塑料袋塞进男人口袋:"这袋里是我所有的钱。共两百块。小胖喜欢吃肉丸子,他想吃时,你们就买给他吃。"爷爷又"扑通"一声跪下来,"你们今后要对小胖好一点,要把他当亲生儿子一样看。要是虐待他,我做了鬼都不会放过你们。"

"行,行。"男人的语气很不耐烦。

爷爷捧住小胖的脸又亲起来。

男人说:"别婆婆妈妈的。"男人加快了脚步。男人出了村庄,往后看了看,见身后没人,才对女人说:"这男孩要是再小二三岁就好,那可以卖个好价钱。男孩这么大,难出手。"女人说:"男孩反正是捡来的,没花本钱。""汪汪。"黑狗追上来,朝男人女人汪汪地狂叫。

断翅的蝴蝶

　　胖胖的父母在城里开了家小饭馆,胖胖也跟着进城了。开初胖胖很高兴,以为城里很好玩,可一来就极度失望了。

　　每天胖胖一醒,父母都不在,都去饭馆了。

　　门却在外面反锁了。

　　父母担心胖胖出去玩,会在城里走失,或者遇见拐卖儿童的人贩子。

　　为省钱,父母租的房极小,仅十几平方米。胖胖数过,直走十二步,横走八步。

　　房里又没玩的东西,连电视机都没有。

　　中饭,胖胖泡包方便面吃。方便面是五角钱的,只一包佐料。胖胖以前喜欢吃方便面,可现在仅吃了三天,胖胖就厌了。胖胖如果不是饿,才不吃方便面。

　　晚上往往是胖胖睡了一觉醒,父母才来。晚饭要丰富得多,一般有鱼有肉。胖胖不知道这些菜都是客人吃剩的。

　　一回,胖胖说,妈,我想回乡下。

摸
秋

胖胖现在才觉得乡下好玩。在乡下,他这时可在田沟里摸鱼翻泥鳅,爬树掏鸟蛋,可在树林里玩抓特务的游戏。

晚上,他就捉萤火虫,装进玻璃罐里,当灯用。然后伏在母亲怀里,听母亲讲故事,再后眼睛慢慢合上了。

每天都过得极快。

胖胖极怀念乡下的小伙伴,不知石头、花面、二毛他们现在干什么。

记得他进城时,他们把他送得很远。他们一脸的羡慕。

你马上要上一年级啦,还回乡下干吗?母亲嘟囔一句,打起呵呵的鼾声。

后来父母觉得把胖胖整天关在房里不是个办法,那样会把胖胖关傻。父母不再锁门了,对胖胖左叮嘱右叮嘱,不让胖胖走远。父母还托一个捡破烂的老头照顾胖胖。

胖胖却不喜欢这个老头。老头的一间房里堆满捡来的破烂,屋里散发出一股怪味。胖胖闻了想吐。

老头却很喜欢胖胖,总找话问胖胖说。胖胖尽管不喜欢老头,却愿意同他说话。

老头说,如不是你,我一天也说不了一句话。实在想说话了,就自己说给自己听。

胖胖也说,我以前一天也不说一句话。

老头说,我没儿女,今后我死了,我积的钱全给你。老头说着从床底下拿出一个黑色的破提包,你瞧瞧,一包钱,你猜有多少,说出来吓死你,有一千九百八十二块五角六。

一千是多少?胖胖问。

一千当然好多。再说过几天,我就有两千了。

晚上,胖胖睡得正香时,又让母亲叫醒了,母亲叫胖胖起来吃饭。胖胖说,妈,我想同你说话,想听你讲故事,想同你玩。

母亲说,好儿子,妈好累。待妈挣够了钱再不开饭馆了,就天天同你玩。

挣多少钱才不开饭馆？挣一千九百块钱够不够？

母亲不说话。

一千九百块不多吗？

母亲含含糊糊说了个字，多。又睡过去了。

胖胖却睡不着了。胖胖想偷老头的钱。偷到了钱，妈不要再开饭馆了，就整天陪他玩。但胖胖又一想，老头出去捡破烂时，总锁着门。老头在家里，他偷不到。这时传来老鼠吱吱的叫声。胖胖的眼前一亮，对，给老头吃老鼠药。家里老鼠多，胖胖的母亲买了几包老鼠药毒老鼠，母亲对胖胖说，这老鼠药吃不得。胖胖说，我知道，吃了，人就会死。以前村里有一老人同儿媳吵架，吃了老鼠药死了。

胖胖醒来时，烫热的阳光洒了一屋。

胖胖拿了老鼠药出了门，胖胖知道老头此时在家煮了粥。胖胖想他只要趁老头不注意时，把老鼠药倒进他粥锅里，那老头就会死，老头的钱归他了，那他的母亲不要再开饭馆了，他整天可同母亲待在一起。

此时，胖胖看见一只很大的蝴蝶歇在草上，胖胖蹑手蹑脚地去捉。但胖胖的手刚伸过去，黑蝴蝶没飞多远，又歇在一棵草上。

后来胖胖终于捉到了黑蝴蝶。

黑蝴蝶的两只翅膀很均匀地少了一截。准是被人捉住过，然后撕了它的翅膀。

胖胖把蝴蝶的翅膀又撕了一点，然后往空中抛。黑蝴蝶飞不了几步路就歇下来。胖胖玩了一会儿黑蝴蝶，才想到他要做的事。胖胖把黑蝴蝶的翅膀全撕断了，狠劲往地上一甩，狠狠地又踏上一脚。然后去了老头的屋里。

伴娘

　　在鄱阳湖一带,新娘出嫁时得有两个女娃陪她说话,两个女伴被称为伴娘。伴娘由新郎定。新郎挑选伴娘比较苛刻,未婚,脸蛋俊,脑瓜子聪明,嘴巴活,心肠软。有以上几点还不够,还得父母双全,还得上有哥或下有弟。家里不能太穷,若富有那更好。

　　因而女娃把当伴娘当为一种荣誉。谁当伴娘的次数多,谁在同龄的女娃中说的话就管用。到了论嫁的年龄,男方家里人去女方村里,探听女方做没做过伴娘。当探听女方做过伴娘,且做过许多回伴娘,男方便喜笑颜开,立马向女方家求亲。

　　没做过伴娘的女娃往往会被人瞧不起,在别人的眼里是个很不好的女人,因而很难嫁出去,即使嫁出去了,嫁的也是个极孬的男人,不是家里太穷,就是有残疾,或者长得獐头鼠目。因而女娃都想做伴娘,做过伴娘的人又想多做几回。

　　荷花已二十岁了,但还没做过伴娘。因为没做过伴娘,便没有男人上门提亲。荷花心里自然急,再不做伴娘,真的嫁不出去。其实荷花是个很好的女人,不但长得好看,脾气也好,做事手脚也极麻利,而且很会过日子,一分钱可以当两分钱用。但因荷花的母亲死得早,便没人请荷花这个双亲不全的人做伴娘,怕沾晦气。荷花便恨死去的母亲,要是母亲还活着,她也不知做过多少回伴娘,那她就不会走路都低着头,那上门提亲的人准会把她家的门槛踏平。

更让荷花气愤的是昨天邻村的一个死了老婆,且有个十岁女儿的男人竟然托媒人提亲。荷花连推带搡地把媒人赶出门:"滚,滚。"媒人说:"你别以为自己有啥了不起。若了不起,咋二十岁还没当过一回伴娘?"媒人的话锥子样戳着荷花的心,荷花的泪水也淌下来了,荷花对着那女人大喊:"我是不想当伴娘,这些天,我就当伴娘给你看。"那女人的声音更大:"你们都听见了,荷花说她过些天要当伴娘了,我们都等着看荷花当伴娘。"

吃晚饭时,父亲说:"你咋把话说得那么死?要是你没做伴娘,人家更笑话你。"

"爹,你放心。再过半个月,刘胜不是要结婚吗?我一定要他请我当伴娘。"

"人家愿意吗?"

荷花心里也没底。

刘胜同荷花是小学到初中的同学。初三,刘胜还往荷花的书包里塞"你是太阳,我是月亮"的情诗。但荷花看不上刘胜,刘胜长得太难看,刘胜个儿还没荷花高,却一个劲横向发展,手臂有人家大腿粗。头直接安在肩上,没脖子。五官极小,且挤在一起。荷花在刘胜的情诗上写一句"癞蛤蟆想吃天鹅肉"。然后把那情诗塞回刘胜的书包里。刘胜便恨上荷花,话都不同荷花讲。

荷花进刘胜家时,刘胜极意外:"没想到,真没想到……"荷花说:"串一回老同学的门有这么大惊小怪?"刘胜笑了,刘胜一笑,眼睛只剩棉线样细的缝:"找我有事?说吧,只要我能办得到的事,一定办,谁叫你是我第一个喜欢的女人呢。"荷花说了:"你还有十几天就当新郎了,祝福你。不知你请好伴娘没?如没请,我想当你新娘的伴娘。"刘胜面露难色:"这,这早请好了,如果辞人家,这不太好。唉,要是你早些同我说就好,我才不信那套……"荷花抓住刘胜的手,不停地摇着,用那种甜软软的声音求刘胜:"你就帮帮老同学,求你喽。"荷花摇刘胜的手时,刘胜的手触到了荷花的胸脯,刘胜的脸红了,呼吸也有点急。荷花的身子又往刘胜那边挪挪,两人的身子挨在一起了。刘胜再也忍不住,一把搂住了荷花,手也伸进了荷花的衣服里。

摸秋

144

荷花轻轻地挣："不要，不要。"刘胜不听，手更放肆了。荷花说："你要我行，但你一定要让我做伴娘。"刘胜答应得极快："行，我一定让你做伴娘。"

当刘胜见到荷花留在床单上那团红时，极意外："你，你太傻了……为当伴娘，太不值得。"荷花一句话也不说，急急地穿衣服。

荷花就这样当了一回伴娘。

没过多久，荷花同一个叫海生的男人好上了。两人爱得如火似荼。海生是浙江人，在镇里开油漆店。因荷花有一同学帮海生卖油漆，荷花找同学玩，便认识了海生。荷花的同学因嫉妒，便在海生面前一个劲说荷花的坏话，说荷花才在前不久做了一回伴娘。

海生在荷花面前说："我才不管你做没做伴娘。"

荷花没说话，只叹了口气。

后来，荷花成了海生的女人。

海生在婚夜没见到他想见到的，脸一下变得黑青，眼珠也快掉下来了："你不是说没喜欢过别的男人吗？那你的身子给了谁？说呀！你不说，行，明天我们就离婚。"海生用劲一甩门，手上有多大的劲使多大的劲。门"嘭"的一声关了，整幢楼都晃了一下。

拯救男人

水水出门时，又一次叮嘱男人："你要照看好贵子，别让他玩水。"贵子是他们的儿子，今年十二岁，极喜欢在鄱阳湖里游泳。

男人说："知道了。"男人有点嫌水水不耐烦，不就是回趟娘家，可这事叮嘱了一遍又一遍，男人自然有点不耐烦。

水水一出门，白亮亮的日头热热辣辣地泼洒了她一身，水水的眼刺得睁不开，整个身子也颤了颤。地上呼啦啦地冒着白花花的热气，一燃柴火，空气就会着起来。这么热的天，贵子准又忍不住会玩水的，但愿别出事。前几天，村里的石子在湖里玩水时，脚抽筋了，游不动。待人发现时，身子早冷硬了，这样想，水水的心又颤了颤。水水当天晚上就做了个噩梦，她梦见贵子淹死了。水水的左眼皮又突突地跳个不停，水水在娘家再待不住了，急急往家赶。娘说："说好不是多住两天？"水水说："我放心不下家里。"

水水一进村口，紫黑色的哭声一浪高过一浪地扑来。水水的整个身子被人抽去了筋骨，水水跌跌撞撞进了院子，贵子直直躺在一块木板上。水水的眼前黑乎乎的一片，耳畔满是轰隆隆的雷声，扑通一声，水水栽倒在地上了。

水水醒来时，男人跪在她面前，男人张了张嘴，却没声。男人拼了全力捆打着自己的脸，啪啪的声响电闪雷鸣样。从男人脸上落下的红色的血味，腥满了整个院子。

"我没看好贵子呀！"男人说完这句话，站起来，往墙上碰，幸好男人的弟弟眼疾手快拦住了。栽倒在地的男人泥一样瘫在地上，掏心挖肺的伤悲把男人整个汪洋了，泪水河一样淹住了男人。村人劝男人："心里苦，哭几声吧，哭了，心里好受些。"男人张张嘴，却没点声音。男人的目光就同墙壁样生硬，脸上却是僵了一脸的寒霜。

已两天了，男人没进一粒米水。

贵子下葬了，男人也躺倒在床上了。水水端了一碗卧了两个鸡蛋的面条劝："吃点东西吧，再悲伤有啥用？娃儿就不能活。"水水说这话时，两串猩红的泪水扑嗒扑嗒掉进面碗里了。

男人聋子样没听见，目光痴呆呆的望着屋顶，脸上灰黑一片。

摸秋

"这事不怪你！怪我不该回娘家。"

"我也要死了。"男人的声音极轻极柔,却如一辆鸣叫着的火车咣当咣当碾在水水的心上。水水的手一松,碗掉在地上,面条撒了一地,一只猫欢欢悦悦叫着,伏在地上舔吃面条。

"你不能死,不能死呀！"水水伏在男人身上号哭起来。水水的哭声犹如雪天的呼呼狂叫的寒风,让人听了阴森森的。男人却木头人一样。水水哭够了,来到院子里,水水踏碎了一地水样的月光。蟋蟀此起彼伏的叫声把水水的心撕成一片片的,脚下的月光被水水踏得呜呜地呻吟。

水水木木地坐在槐树下。下半夜了,水水还坐在那,槐树上的露珠一滴滴地掉在水水的头发上、眉毛上,就如一滴滴晶亮亮的泪水。

后来,槐树上一群唧唧的鸟叫声撕碎了最后一道晨霭,头顶上的星星也不见了。村里也有了鸡鸣声。水水揉揉红肿的眼,狠狠一脚踢开了门。砰的一声门响让躺在床上的男人颤了颤。猫不识趣地围在水水的脚边讨欢,水水一脚,猫呜呜地哀叫一声,逃了。

水水一脸怒气进了房,水水的声音如冰冷的雪花落满了男人一身:"你以为死了就啥事没有啦？想得美！……你死了,我连棺材也不给你买,就拿张破草席卷了,扔到荒野里,让野狗来吃你,让乌鸦来啄你的眼,让你变成孤魂野鬼……"

男人脸上仍灰暗得如一块脏抹布。

水水的心掉进了冰窖里样凉,难道男人真的没救了？水水的声音渐渐软下来,但牙一咬,更恶毒的话又吐出嘴了:"你这个裆里没有三两肉的,想死行,那你得赚够我下辈子过日子的钱,要不我不让你死。"

男人仍死人样。

水水搭信让娘送来她的二儿子亮子。贵子淹死后,水水的娘就把亮子带走了。水水也躺上床,水水说:"哼,想死也不容易？我陪着你死就是。"水水就在床上躺了一天。

亮子饿了,哭着要饭吃。水水爬起床,手一挥一落,猩红的响声脆生生地响了一屋。血也从亮子的鼻孔里淌下来子,亮子白晃晃的哭声哗啦啦地淌了一地。水水吼道:"哭,你再哭,我把你扔进粪缸里淹死。"亮子不敢哭出声,只哑哭,鼻子一抽一搐的,整个身子一颤一抖的。水水又给了亮子两巴掌:"我打死你算了,省得我同你爹死了,你在这世上遭罪。"水水下手极狠,手下蓄了全身的力气,连发梢上的力气都用上了。因而啪啪的响声就像放了两个震天炮,亮子的脸上面包样肿起来了。

此时,男人再也忍不住了,给了水水一脚,吼道:"你再动亮子一根手指,看我不扒了你的皮,"水水一屁股被踢坐在地上,水水却一点也不觉得痛。水水从地上爬起来,笑着说:"你饿了吧,我这就去给你下面条。"水水去了灶膛,快乐地忙乎起来。

男人起了床,来到院子里,火样的日头呼地一下裹住了男人。男人的眼睛刺得睁不开,男人闭了眼,两行泪水却噼噼啪啪掉卜来了。